Trois femmes
Nouvelle de l'Abbé de la Tour

Texts and Translations

The Texts and Translations series was founded in 1991 to provide students and teachers with important texts not readily available or not available at an affordable price and in high-quality translations. The books in the series are intended for students in upper-level undergraduate and graduate courses in national literatures in languages other than English, comparative literature, ethnic studies, area studies, translation studies, women's studies, and gender studies. The Texts and Translations series is overseen by an editorial board composed of specialists in several national literatures and in translation studies.

For a complete listing of titles, see the last pages of this book.

ISABELLE DE CHARRIÈRE

Trois femmes
Nouvelle de l'Abbé de la Tour

Edited and introduced by
Emma Rooksby

The Modern Language Association of America
New York   2007

MLA and MODERN LANGUAGE ASSOCIATION are trademarks
owned by the Modern Language Association of America.
For information about obtaining permission to reprint material from MLA
book publications, send your request by mail (see address below), e-mail
(permissions@mla.org), or fax (646 458-0030).

Library of Congress Cataloging-in-Publication Data

Charrière, Isabelle de, 1740–1805.
Trois femmes : nouvelle de l'abbé de la Tour / Isabelle de Charrière; edited
and introduced by Emma Rooksby.
p. cm. — (Texts and translations. Texts ; 21)
Text in French; introduction in English.
Includes bibliographical references.
ISBN: 978-0-87352-940-2 (pbk. : alk. paper)
I. Rooksby, Emma. II. Title.
PQ1963.C55T7 2007
843'.5—dc22   2007018492
ISSN 1079-252x

Cover illustration: engraving by Jean Duplessi-Bertaux and
Pierre Philippe Choffard. Frontispiece of *Trois femmes*, in *L'Abbé de la
Tour* . . . , vol. 1 (1798). Courtesy of
Special Collections, Wellesley College Library

Second printing, with corrections, 2009

Printed on recycled paper

Published by The Modern Language Association of America
26 Broadway, New York, New York 10004-1789
www.mla.org

CONTENTS

ACKNOWLEDGMENTS

The definitive modern edition of *Trois femmes*, published in 1981 in volume 9 of Charrière's *Œuvres complètes*, was the basis for the establishment of this edition. The editing, introduction, and notes to that text, all by Dennis M. Wood, were of invaluable assistance, and some of his notes appear in this edition. They are used with the permission of Van Oorschot Publishers, Amsterdam, the Netherlands.

Thanks to Alan Crosier, Lisa Davis, and Bruce McClintock for their comments on the translation; to Callan Ledsham and Bob White for their encouragement; and to Michael Kandel and David G. Nicholls for their editorial advice. Special thanks to Keith Horton for many enjoyable discussions of the philosophical aspects of *Trois femmes* and for his support throughout the process of bringing this volume to publication.

INTRODUCTION

Isabelle de Charrière's collected works fill ten densely printed volumes and include novels, short stories, plays, eulogies, and letters. Charrière achieved recognition in France for her fiction in the 1780s. When in 1795 she first sent the manuscript of *Trois femmes* to a publisher, she was an established author. Yet it was not until 1799 that an acceptable edition of the novel finally appeared. Earlier editions were riddled with errors; moreover, the publisher of the first edition substantially delayed publication and censored the novel without Charrière's permission (Charrière 5: 285–86). The ramifications of the delay in publication were significant, for the novel had been written in haste to raise money for the countess de Montrond, an aristocrat who had fled revolutionary France and was living in England without any means of support. Charrière had planned to publish the novel by subscription, a method likely to raise a substantial sum as she was a well-known writer, but the delay destroyed the novel's chances of making a profit from subscribers.

Such treatment of a female author was no sad and singular occurrence but only too common in postrevolutionary France, where the final decade of the eighteenth century was characterized by a diminution of women's rights, disregard for their autonomy, and denial of their public voice. The drawn-out publishing history of *Trois femmes* is emblematic of the barriers facing women who sought to publish their works in the aftermath of the French Revolution. The novel itself is concerned with the situation of women in the aftermath of the Revolution, telling the story of three Frenchwomen who, having fled France, make new lives for themselves in Germany. But whereas Charrière found her (published) voice increasingly muted after the Revolution, *Trois femmes* depicts a postrevolutionary community in which women's independence and autonomy are respected.

Sometimes witty, sometimes deeply serious, always focused on women's experiences and relationships, *Trois femmes* is most distinctive for its extended treatment of a philosophical question: Are moral theories adequate guides to good conduct? The novel's ostensible subjects are familiar ones—love and friendship—but the action is developed in such a way as to pit familiar virtues such as loyalty and affection against the dictates of moral theories, particularly duty. Time and again, the three women find that principles result in the wrong answers, or in no answers at all. Sympathy and dialogue, rather than duty or strict principles, are shown as the keys to individual virtue and social harmony.

In the eighteenth century, terms such as *sympathy* and *dialogue* were associated with the sentimental tradition of literature and thought, which emphasized the power of sentiment (feelings or emotions) to produce moral behavior. Its key exponents included writers such as Jean-

Jacques Rousseau, Abbé Prévost, and Pierre Marivaux in France; Samuel Richardson, the third earl of Shaftesbury (Anthony Ashley Cooper), and Laurence Sterne in England; and, in Germany, Wolfgang Goethe, whose *Sorrows of Young Werther* was a sentimental classic. *Duty*, by contrast, was associated with strict principles and, toward the end of the eighteenth century, with the moral theories of Immanuel Kant.[1] In *Trois femmes*, Charrière's emphasis on sentimental values served to illustrate what she saw as the practical failings of duty-based morality.[2]

The novel's focus on morality is evident from the outset in its framing introduction, set in a salon where a number of people are wrangling over the nature and origins of duty. One of those present, the freethinking abbé de la Tour, advocates a peculiarly flexible form of morality, remarking that he would be happy to live with anyone who has some sense of duty. On invitation, he tells the assembled company a story that illustrates his views; his story forms the first half of *Trois femmes*.

The abbé's tale introduces us first to the young aristocrat Émilie and her maid, Joséphine. Émilie's parents have fled the French Revolution at the last moment, only to die on reaching Germany, and the sixteen-year-old finds herself an orphan alone in a foreign country. But she is not, it turns out, entirely alone: Joséphine decides to stay by Émilie's side, and they settle together in the German village of Altendorf. There they soon attract the interest of Théobald, son of the local lord, and his manservant, Henri. Émilie and Théobald fall in love but find themselves in an awkward situation, since Émilie is a penniless refugee and Théobald is already engaged. Joséphine and

Henri form a more pragmatic relationship, based on the exchange of favors. When Émilie discovers the sexual nature of the relationship, she condemns it as immoral. This condemnation leads to a series of exchanges in which Émilie, unable to persuade Joséphine to give up seeing Henri, becomes convinced instead that the rigid moral principles that she uses to guide herself are not entirely adequate to the complexities of the real world.

An accident on the highway brings a stranger, the third woman of the title, to Altendorf. Of independent means, Constance takes an immediate liking to the village and to Émilie. But she too is critical of Émilie's rigidity, comparing it unfavorably with her own pragmatic and consequence-focused approach to morality. Constance, it turns out, has come to Germany because her fortune is not honestly come by, and she is evading people who believe they have a claim to it. Soon the plot thickens. Joséphine becomes pregnant, but Henri refuses to marry her, claiming that she was intimate with Constance's servant, Lacroix. Constance intervenes, using money and argument to resolve Joséphine's problem and persuading Émilie to bend her principles even further by practicing moral blackmail on Henri. There is no such easy solution for Émilie and Théobald, however, and a crisis leads them to elope. But Constance triumphs again, coaxing Théobald's parents into accepting Émilie as a daughter-in-law. The novel's first half ends harmoniously.

We are then briefly returned to the narrative frame, where the Abbé de la Tour gives an interpretive gloss of the story up to this point. The three women of the title are not women of principle, he notes, but are good people nonetheless, doing their best in difficult circumstances. Asked to continue his story, the abbé instead turns the narrative over to the character of Constance, by way of a series of letters he has received from her. These letters describe everyday life in Altendorf, including Théobald's plans to educate the villagers and the birth of baby boys to Joséphine and a young German countess. The novel's second half shows us the development of understanding and harmony among the main characters and is increasingly interspersed with Constance's reflections on a wide range of philosophical issues.[3]

The correspondence (and with it the novel) ends abruptly. In a brief final letter, Constance writes that she, Émilie, and Baron Altendorf are leaving for an unnamed town, to avoid the English army, while the others remain in Altendorf. The reader is left with no further information as to the characters' fates. This unsettling ending is softened only by a few final words from Constance on the subject of morality.

Isabelle de Charrière, with her polished French prose and her insightful exploration of the social impact of the French Revolution, was not French herself but Dutch.[4] She observed the Revolution and its long aftermath from the relative safety of Switzerland. Born Isabella Agneta Elisabeth van Tuyll van Serooskerken, near Utrecht in 1740, she was given an unusually good education for the period, including a thorough grounding in French language and literature, and continued her studies independently after the end of her formal instruction. But her wealthy and aristocratic parents did not encourage her to write or pursue a literary career. Indeed, when her first published piece of fiction appeared in 1763, it caused something of a scandal in polite Dutch society. *Le noble* was a witty satire on the values and attitudes of the Dutch aristocracy (to which her family belonged) and shocked many of its members. At this point, her parents actively discouraged her interest in writing, suppressing further publication of *Le noble*. She persevered nevertheless, although the works that established her reputation were not to appear until the 1780s.

In 1771, after her marriage to Charles-Emmanuel de Charrière, the couple moved to M. Charrière's hometown of Colombier, near Neuchâtel in Switzerland. Isabelle spent most of her married life in Switzerland, apart from a few brief trips abroad. Some of her most significant works, published during the 1780s, are set in Swiss towns and explore the position of women in Swiss society. *Lettres neuchâteloises* (1784), *Lettres de Mistriss Henley* (1784), and *Caliste* (1787) all thematize the heavy moral burden placed on women's shoulders in a society that treated female chastity as sacrosanct but also left women socially, economically, and sexually vulnerable to men. Not explicitly feminist, these works' nuanced portrayals of women living under conditions of social and economic disadvantage nevertheless express a powerful criticism of contemporary gender relations. (*Lettres de Mistress Henley*, about a woman trapped in an unhappy marriage to a duty-bound husband, also covers some of the same thematic ground as *Trois femmes*.)

From Switzerland Charrière followed the action of the French Revolution and the reforms of postrevolutionary

regimes. She took a keen interest in political develop-
ments in France, both during and after the Revolution,
and commented critically on them in fiction and anony-
mously published pamphlets. While her prerevolutionary
works explored the rigid social conventions that limited
women's options for self-determination, her postrevolutionary fiction, including *Trois femmes*, articulated new
ways of reordering social relations and conventions to
suit all parties, including women. In the later works, the
social conventions depicted are flexible and social relations are relatively gender-egalitarian while retaining
what Janet Whatley has described as "a certain moral
style, an ethos of courtesy and generosity" characteristic
of the ancien régime (41).

But as the eighteenth century drew to a close, France
was moving away from rather than toward the reciprocal
and gender-egalitarian society portrayed by Charrière.
The ancien régime had been corrupt and oppressive, but,
as Joan Landes has written, at least it allowed women
some measure of participation in the public sphere (50–
51), tolerated their ascendancy in the salons, and left
them free to publish works of fiction (even if it did not
positively encourage such endeavors).[5] Postrevolutionary
French regimes, by contrast, denied women the same degree of liberty, equality, and fraternity granted to men
and took measures to discourage women from engaging in political activities (Landes 158–68; Fauré 128–36).
Women's political activity was made illegal in 1793, and
women who contributed to public debate were criticized, censored, subjected to surveillance, and in some
cases even executed. This repressive climate was further

reinforced by the introduction in 1804 of the Napoleonic Code, which formally denied women legal autonomy and deprived them of many rights acquired in the early years of the Revolution.

Literary publishing too became more difficult for women. As Carla Hesse has shown, the postrevolutionary government sought, from 1794, to "temper the erotic passions inflamed by market-driven literary culture" and employed a range of measures to discourage women from publishing fiction (88). The obstacles Charrière encountered in publishing *Trois femmes* were typical of those facing women who attempted to acquire or maintain a place in the postrevolutionary public domain. She continued to write and seek publication, but ill health and political pressure led to a marked decrease in the proportion of her later writings to see print. She died in 1805, aged sixty-five.

Trois femmes exemplifies Charrière's unconventional approach to literary form and genre. The work is a frame narrative, the frame consisting of salon discussions with the abbé de la Tour that guide the reader's interpretation of the novel as a whole. The novel has two separate parts, the abbé's account of the arrival of the three women in Altendorf and the set of letters written to the abbé by Constance. The second part is further divided by the insertion among Constance's letters of a dictionary written by Théobald, and it contains several other, smaller contributions from Théobald and Émilie.

The novel's genre is not easy to classify. Its first part, the abbé's humorous and ironic tale, resembles a *conte philosophique,* a narrative that develops ideas on moral and philosophical subjects. Typically humorous, allegorical, and somewhat fantastical, the genre is well represented by Voltaire's *Candide* and Samuel Johnson's *Rasselas.* Some instances, including *Trois femmes,* with its more credible characters and its focus on everyday events, employed greater realism and stood closer to the genre of *roman* (Mylne 188). The scene in which Joséphine persuades Émilie to keep a harp that they have found in their garden illustrates Charrière's focus on small, realistic details of conversation and behavior:

> «Quoi, tu l'as apportée, Joséphine! Une harpe qui ne m'appartient pas!»
>
> «Vouliez-vous que nous la laissassions à l'humidité de la nuit et qu'elle se gâtât comme l'autre?…»
>
> «Mais c'est accepter», dit Émilie, «le don d'un inconnu.»
>
> «Supposons que ce soit a moi qu'il se fasse, je l'accepte de grand cœur», dit Joséphine. «Henri savait que je regrettais le plaisir de vous entendre jouer; il l'aura dit au fils du seigneur du village, dont il est le domestique; et celui-ci, ému de pitié pour une jeune fille éloignée de tous ses parents, et obligée par son attachement pour ses maîtres à vivre dans une terre étrangère…» Ici quelques larmes coupèrent la voix à Joséphine, et des larmes plus abondantes coulèrent sur les joues de sa maîtresse…
>
> «La harpe est sûrement à toi», dit-elle.

Émilie is in the dark about the origin of the harp, but Joséphine knew all along that it was provided by Théobald and left in the garden by Henri, his servant. Émilie's naive recourse to moral rules to govern her behavior and her rather preachy tone contrast with Joséphine's artful appeals, which employ first pertly framed reason and then emotion.

The second half of the novel is epistolary rather than narrative, and, as Constance's letters turn toward intellectual speculation, it loses much of the pace and humor characteristic of a *conte philosophique* though none of its philosophical focus. The two parts of the novel are in turn framed by the intellectual salon discussions on the nature of morality. As a whole, then, *Trois femmes* is a hybrid, mixing existing generic conventions in an unorthodox way. The lively narrative of the first part adds resonance to the more reflective letters of the second, while the inconclusive ending reminds us of the turbulence of the postrevolutionary period, which forms the backdrop to the novel as a whole.[6]

Many authors employed the epistolary form—a favorite across France and England during the eighteenth century and particularly associated with sentimental fiction—when writing about the French Revolution. Epistolary fictions from the period include Charlotte Smith's prorevolutionary *Desmond* (1792) and Mme de Staël's *Delphine* (1802). Other writers produced hybrid texts, such as Helen Maria Williams's unusual *Julia: A Novel; Interspersed with Some Poetical Pieces* (1790) and her volumes of letters from France (1790, 1791–96), which employ language familiar from sentimental fiction. Several of Charrière's fictional works from the revolutionary period are partly or wholly epistolary in nature, such as *Lettres trouvées dans les portefeuilles d'émigrés* and *Lettres trouvées dans la neige.*

That epistolary novels are well suited to depicting the experiences of people who have been separated or displaced (Altman) accounts in good part for their popularity during the revolutionary period. They have other features of value to a novelist writing during a period of political conflict. They afford a means of presenting multiple perspectives on a controversial subject without recourse to a narrative voice that might be construed as the novelist's. They permit descriptions of present action—for example, the preparations for flight from an army that Constance describes in her final letter to the abbé—that convey a sense of directness difficult to replicate in a third-person narrative. Charrière's use of a hybrid form in *Trois femmes* is particularly apt for providing both first-person and third-person perspectives on the experiences of refugees.

Two main points of view are evident in the novel: that of the witty and ironic abbé and that, more reflective, of Constance's letters to him. The presence of two quite similar yet distinct voices adds to the interpretive challenge presented by the novel as well as to the stylistic richness: what are the relations among Constance's perspective, the abbé's, and Charrière's? And what are we to make of the fact that the abbé, at the very end of his narrative, admits to being in love with Constance? This revelation prompts the reader to reconsider the novel's entire first half, in which Constance is portrayed rather more sympathetically than other characters; in a double irony, the abbé's ironic detachment as narrator is now thrown into doubt.

The sense that the novel does not privilege any single point of view is reinforced by the extensive use of dialogue, particularly in the first half, where dialogue both establishes characters and furthers the action. The early series of exchanges between Émilie and Joséphine illustrates Charrière's skill in dialogue: Émilie's words convey naïveté and moral seriousness; Joséphine's cynicism is mingled with mock innocence and a genuine affection for Émilie. Joséphine's pert replies and her tendency to interrupt Émilie also suggest familiarity between mistress and servant. Here, as throughout the first half of the novel, the abbé's sparse, ironic narrative gives little indication as to which character the abbé favors. The implication is that all the points of view are worth taking seriously (although with careful reading, some isolated remarks show the abbé's affection for Constance).

The novel's most significant theme is the educative potential of moral theories or, more precisely, their lack of such potential. Major characters, each associated with a different moral theory, repeatedly find themselves in situations that force them to choose between obeying their chosen theory and honoring other important values such as benevolence, gratitude, and friendship. Eventually, each character decides that the right thing to do is to relax the commitment to a moral theory. The reader is left to conclude that duty-based principles (intuitionism associated with Émilie, Kantianism with Théobald) are too rigid to cope with the complexity of life.[7] Utilitarianism (associated with Constance) is shown to be more flexible but not immune to errors of calculation.

Émilie, whose moral reeducation is central in the novel's first half, initially obeys her inherited intuitionist understanding of morality as consisting of inflexible principles, without any clear idea of their origin or justification. The inadequacy of her outlook becomes apparent in a series of exchanges with Joséphine, who endorses no moral theory but aims to make life pleasant for herself and those she loves. It has been easy for Émilie to adhere to her intuitionist rules, for they shift the morally difficult decisions onto others' shoulders. So long as she herself doesn't lie or steal (and her aristocratic upbringing has presented her with no need to do either), it is no concern of hers if others should do so on her behalf.

When, for instance, Émilie criticizes Joséphine for sleeping with Henri in exchange for help with the household chores, she initially fails to notice that she too is a beneficiary of Joséphine's choice, which protects her from having to do any work herself. Émilie's intuitionist rules suit the old, privileged world of the aristocracy, in which the hard work was left for others. Her moral outlook begins to develop only once her attention is drawn to the complexities of real-world situations in which her sense of duty and the principles it dictates are inadequate guides to action.

Joséphine's refusal to endorse any moral theory is linked as much to her membership in an exploited social class as it is to the lack of formal education. She is cynical about the moral instruction she received, having had experience of the hypocrisy of priests and aristocrats who seek to inculcate moral rules in the working and serving classes while ignoring those rules themselves. (It emerges that two of Émilie's relatives, one of them a priest, have slept with Joséphine.) From Joséphine's perspective at the beginning of *Trois femmes*, morality is little more than a mask that the powerful use to conceal, and to further, their own interests.

But Joséphine's lighthearted and cynical approach to morality is not presented as a strength, for she is shown to lack wisdom. Her loyalty to Émilie, taking precedence over every other value, results in inconsiderate behavior to others as well as in imprudent actions. For instance, Joséphine is as much exploitative as affectionate toward Henri, so it comes as no surprise that he is reluctant to marry her or that their marriage is unsatisfying. Her moral education comes about through her growing solidarity with Émilie and Constance rather than through her relationship with Henri.

The third woman of the title, Constance, is portrayed as a utilitarian—that is, someone who acts to bring about the greatest good for all—and she often intervenes in other people's affairs to do so. Her moral failing is one still associated with utilitarianism today: the theory permits people to cause harm, so long as in doing so they achieve a greater amount of good. Constance is not above bribing people into acting against their will, as she does in order to persuade Henri's parents to allow him to marry Joséphine. She also advises Émilie to use moral blackmail against Henri, for the greater good of seeing him married to Joséphine. To that end she both pushes Émilie to lie and lessens Henri's autonomy to decide for himself. Nor are Constance's manipulative actions always beneficial: Joséphine and Henri are unhappy in marriage.

Constance's stance is not criticized as harshly as those of other characters.[8] The most sympathetic character, she is not portrayed as requiring a moral education. She is also given a large presence in the novel through her authorship of the letters that make up its second half. In them, her character and opinions are developed more fully, and her utilitarian leanings are modulated by a series of engagements with the idealistic Théobald. Although utilitarianism is criticized in *Trois femmes*, the brunt of the attack is borne by intuitionism and Kantianism (Kantianism is the view endorsed by Théobald, the only major male character in the novel).

Théobald also undergoes a moral education that illustrates the inadequacy of his chosen theory, which, like Émilie's intuitionism, focuses on duty. His reeducation, like Émilie's, consists in his being forced by circumstances to acknowledge that his principles give insufficient weight to important moral values. He is presented with the choice between honoring a commitment to marry his cousin or being true to his love for Émilie, thereby breaking his engagement. As we might expect, he chooses love over duty. By the end of the novel's first part, Théobald too is prepared to go against the dictates of moral theory when circumstances demand it. Such compromises make life in Altendorf comfortable for all, although they do not satisfy any of the moral theories under consideration in *Trois femmes*.

The novel's criticisms of moral theories can be best understood against the background of changing approaches to morality in the final quarter of the eighteenth century. During Charrière's early years, the field had been dominated by utilitarians such as Helvetius and Baron d'Holbach but was ultimately informed by the broader British tradition, which emphasized moral education and the correct formation of character. These utilitarian writers held that people were naturally self-interested and needed the guidance of good public institutions to ensure that they behaved morally. For utilitarians, moral duty required bringing about as much happiness as possible, through whatever means were necessary. This duty was primarily delegated to the state but could also be applied to individuals.[9]

The appearance in French of Kant's first moral writings in the late 1780s established him as a serious rival to the utilitarians in France, and his work attracted great interest among French intellectuals. Kant's moral theory was one of absolute principles of duty, by which individuals governed themselves independently. Charrière became acquainted with Kant's work through her friend Benjamin Constant, an enthusiast of Kant, and through Ludwig Ferdinand Huber, a German friend familiar with Kant's work. As the French Revolution played havoc with social institutions, which are an essential ingredient in the utilitarians' vision of the good society, Kant's moral theory promised guidance independent of those institutions. Charrière, initially intrigued by Kant's theory, soon concluded that it was unworkable, because its account of duty focused exclusively on inflexible principles and showed a dangerous disregard for consequences.[10] But she did not swing around to endorse any other theory. *Trois femmes* does not spare utilitarianism or the older, Christian ethic of intuitionism, to which

Kantianism is related; it treats them all with the same humorous skepticism.

Charrière's own intellectual background, Charrière being a self-educated member of the "underground philosophical movement" of the French enlightenment (Hesse 88), in part explains her critical attitude toward systematic moral theory. Before the Revolution, philosophical issues were considered in a range of social forums, including salons (often hosted by women), exchanges of letters, and printed works in a variety of fiction and nonfiction genres. Systematic theory was not a privileged mode of presenting philosophical ideas. Charrière, a participant in this movement, shared its discursive and pluralistic approach to intellectual and moral matters.

The bourgeois public culture that succeeded the ancien régime developed values inimical to pluralism and the (relative) freedom it gave female intellectuals. Postrevolutionary culture exalted universal reason and deductive argument instead. Postrevolutionary governments aimed to construct a formal system of philosophical instruction, using institutions that developed broadly Kantian philosophy, supported and controlled by the state. This aim, which resulted in the exclusion of women from philosophical debate and prevented them from publishing in France, was apparent as early as 1793. It is no wonder that Charrière was critical of systematic moral theories in *Trois femmes*: postrevolutionary plans to systematize philosophical and intellectual activity were to displace the pluralistic world of intellectual inquiry that she knew and valued.

Despite its attack on systematic moral theory, the novel leaves ample room for moral values, even for duty.

Throughout, characters deviate from their chosen theories not out of weakness or evil intent but in order to respect a wider range of values than the theories will admit. All retain, even develop, what the abbé refers to as "une idée quelconque du devoir." His view of morality is probably very close to Charrière's own, as an interesting study by Alix DeGuise suggests. DeGuise explores Charrière's respect for duty and her acute sense of responsibility, which was instilled by a Calvinist upbringing and continued undiminished throughout her life (21–28). Charrière balanced her deep commitment to ideals with a thoroughly unsystematic approach to the articulation and fulfillment of them. This balance is evident in *Trois femmes*, as sympathy, communication, and the possession of "une moralité quelconque" rather than theory and principles are shown to underpin moral development.

Moral education is not the only form of development thematized in *Trois femmes*. The overcoming of cultural and gender prejudice is also an important, and related, theme in both parts of the novel.[11] The characters' gender, nationality, and class are portrayed as influencing their behavior and sometimes leading to prejudice. Émilie, a French aristocrat, is shown initially as naive and self-indulgent, completely uninterested in Germany, her new homeland. She avoids adopting German customs or learning the language and is soon reprimanded by the cosmopolitan Constance for trying to "établir ici la France." Equally, Théobald, a German, initially holds the Kantian view of women as infantile and lacking in autonomy. But, through ongoing dialogue, the young lovers acquire a degree of sensitivity to each other's cultures and learn gradually to overcome the more malign influences of their upbringing. The result is greater tolerance and mutual respect, as a later conversation recounted by Constance indicates. Like moral education, cultural development is portrayed as occurring gradually, through dialogue and the exchange of ideas, in which a willingness to listen to others is essential. But some partiality to one's own origins and culture is also permitted.

The second part of *Trois femmes* focuses more explicitly on philosophical themes. The predominant voice is now that of Constance, whose letters present a more developed portrait of her than did the Abbé de la Tour's humorous conte. We learn that she is well-educated, well-versed in argumentation, and (like Charrière herself) antisystematic rather than purely utilitarian in her moral outlook. Her letters address a wide range of themes, including inequality, fame, religion, and knowledge, which are interwoven with her accounts of everyday life in Altendorf.

One theme is a consideration of the forms of education appropriate in a postrevolutionary world. Constance's early letters provide detailed descriptions of Théobald's plans to educate the villagers of Altendorf. As she notes, these plans resemble the national education system proposed for France by the Thermidorean regime, which seized power in July 1794. This system included, to quote Jacqueline Letzter, "the introduction of national education, with the attendant regulation of textbooks and school curricula, the creation of public libraries, and the standardization of teacher training" (126). Théobald employs several

Thermidorean ideas: he develops a standard curriculum and is writing an educational (and rather paternalistic) dictionary, containing only words and definitions that he considers suitable for members of the peasantry.

Constance expresses concern about Théobald's scheme; she doubts that peasants will benefit from theoretical instruction and is suspicious of the degree of systematization that he proposes. Yet she is also proud of the project, believing that it will eventually free the students to pursue their education independently. Another letter of hers targets the educational aims of the Thermidorean regime at a higher level, sniping at the government's attempts to control intellectual activity through state sponsorship of particular philosophers (Hesse 90). Constance glosses this attempt as a dangerous glorification of the errors, as well as of the wisdom, of fallible individuals:

> Quoique l'exagération publie, de quelque orgueil qu'on se gonfle, je vois des erreurs avec des clartés, de la faiblesse avec de la force, et la vaine enflure que l'on prête aux objets ne me dispose que davantage à chercher et à mesurer au juste leur véritable grandeur.

Constance herself initiates another series of educational experiments, designed to determine whether class and gender characteristics are innate or socially inculcated. In these experiments, pairs of newborn children (in one case a boy and a girl, in another two orphans from different social classes) are raised identically. Constance expects the children to behave alike, proving that social class and gender are constructs of nurture rather than nature.

Other letters address a range of issues topical in Charrière's day, such as social inequality and the danger of replacing religious worship with the worship of intellectuals. Constance's views on these subjects are interesting in themselves: she believes that social inequality is harmful to the wealthy and the poor alike and that it is as foolish to worship intellectuals who preach tolerance as it is to worship saints. She also repeatedly stresses her own skepticism, her inability to affirm a single conclusion without doubts. Importantly, her opinions are all related to her approach to moral education and to the view of morality expressed by the Abbé de la Tour. All favor an education that allows individuals freedom to experiment and in which the views of others are given critical respect instead of being either dismissed immediately or slavishly accepted. The moral education of characters depicted in the novel's first half is, of course, of just this kind.

Constance's letters, some of which read like short essays in the wrapping of a letter, make an unusual contribution to the genre of epistolary fiction. In the eighteenth century, the genre was associated with women—as authors and, more particularly, as heroines. Epistolary novels typically focused on the letter writer's account of daily events and of their effects on her emotional life. Constance's letters, which move *Trois femmes* from the terrain of philosophically informed narrative to philosophical reflection proper, are remarkable for their portrayal of the thoughts of a female intellectual.

In other ways too, the treatment of women in the novel is unusual and innovative. Major female characters are portrayed as independent agents, stepping beyond the bounds of the social and narrative conventions of the day and playing roles that eighteenth-century life and fiction normally denied them. The refugee aristocrat, the outspoken servant, and the mysterious newcomer with a shady past establish relationships based on mutual loyalty and trust. They help develop, in the microcosm of a German village, a postrevolutionary culture of respect and consideration. Despite their precarious situation as refugees, they manage to live with dignity in Altendorf, on equal terms with Théobald and his parents. The degree of autonomy that they attain, and maintain, in Altendorf would not have been possible in either postrevolutionary France or Germany.

Joséphine's prominent role in the novel is also unusual for a fictional work of the time. Members of the serving class, and servant women particularly, rarely played major parts in eighteenth-century fiction. Even authors who came from classes other than the nobility usually stocked their fiction with aristocrats. When servants did make an appearance, it was typically as figures of fun or contempt or as convenient plot devices. Joséphine is neither such a figure nor such a device; she is a full-fledged character, portrayed with compassion and respect. Émilie's solidarity with Joséphine is equally surprising. As Joan Hinde Stewart puts the point in relation to another work by Charrière, "[n]ice girls of fiction didn't get involved in the affairs of unwed mothers" (120). Charrière refused, in *Trois femmes* as in all her works, to confine her characters to "a socially defined sexual role" (Allison 72).

Charrière's innovative portrayal of woman is particularly evident in her approach to female sexuality, a subject normally avoided in polite fiction of the time but addressed directly in several of her novels. Joséphine's sexual activity with Henri is a significant element in the plot, since it leads to her pregnancy and to Émilie's role in persuading Henri into marriage. Nor is Joséphine's view of sex and sexual relations described in euphemistic or disapproving terms; it is presented sympathetically, the kind of view that someone might develop after years of social, economic, and sexual vulnerability. Her frank and strategic attitude to sexual alliances is allowed to trump Émilie's naive commitment to chastity (although this trumping attitude is later shown to be shortsighted). As a whole, Charrière's perceptive exploration of the situation of women in a male-dominated society uses strong female characters to illustrate ways in which women can either exploit or undermine the expectations of conventional morality, such as female chastity.

Trois femmes is a remarkable novel and offers an appealing vision of how the citizens of postrevolutionary Europe (or people anywhere) might live harmoniously together. This vision—a society of equals, where people's behavior is guided by mutual respect, without recourse to rigid rules or systems—is presented indirectly in the novel's first part and defended more directly in Constance's letters. Although Charrière's vision was not realized, its articulation is engaging and attractive. The vision's appeal results in large part from her perceptive and humorous depiction of the complexities of moral life and her creative engagement with the philosophical currents of the day.

Notes

1. Kant's moral theory consists of rigid and immutable principles of duty. In his view, moral goodness consists solely in the exercise of the will in obeying these principles; to follow them by inclination rather than by an effort of will does not, for Kant, count as moral goodness.

2. For a fascinating discussion of the connections between sentimentalism and didactic fiction, see White (ch. 2).

3. Philosophy in eighteenth-century Europe was a far broader enterprise than it is today, including much of what now counts as social science as well as scientific exploration. For a discussion of the meaning of the term *philosophe* in eighteenth-century France, see Thompson.

4. The principal biographical sources for Isabelle de Charrière are Courtney; Dubois and Dubois; Godet; and Trousson.

5. For further consideration of this issue, see Goodman. Also, Harth contains a general discussion of women writers' engagements with the main intellectual currents of the Old Regime.

6. The sudden and unsettling conclusion is one of several ways in which *Trois femmes* echoes one of the most famous fictional works about refugees, Vergil's *Aeneid*, a mythical tale of how Aeneas, a Trojan, founded the city of Rome. Both works explore the relation between existing cultures and new arrivals; both conclude abruptly and on a note of uncertainty.

7. Intuitionism, associated particularly with Thomas Reid, is the view that fixed moral principles, or duties, can be determined by intuition alone. The commonly accepted principles of intuitionism were similar to the biblical Ten Commandments.

8. As noted above, the narrating abbé may be less critical of Constance because he is in love with her. See Wood.

9. The more recent and much better known version of utilitarianism developed by John Stuart Mill places the moral duty to maximize utility on the shoulders of the individual.

10. For a detailed discussion of Charrière's understanding of Kant, see Munteano.

11. The treatment of prejudice draws on Charrière's experience with French refugees in Neuchâtel, which lay on a much-used escape route from France. For further detail, see Courtney 522–38.

Works Cited

Allison, Jenene L. *Revealing Difference: The Fiction of Isabelle de Charrière*. Newark: U of Delaware P; London: Assoc. UP, 1995.

Altman, Janet G. *Epistolarity: Approaches to a Form*. Columbus: Ohio State UP, 1982.

Charrière, Isabelle de. *Œuvres complètes*. Ed. Jean-Daniel Candaux, C. P. Courtney, Pierre H. Dubois, Simone Dubois–De Bruyn, Patrice Thompson, Jeroom Vercruysse, and Dennis M. Wood. 10 vols. Amsterdam: Van Oorschot, 1979–84.

Courtney, C. P. *Isabelle de Charrière (Belle de Zuylen): A Biography*. Oxford: Voltaire Foundation, 1993.

DeGuise, Alix. Trois femmes: *Le monde de Madame de Charrière*. Genève: Slatkine, 1981.

Dubois, Pierre, and Simone Dubois. *Zonder vaandel: Belle van Zuylen, 1740–1805, een biografie*. Amsterdam: Van Oorschot, 1993.

Fauré, Christine. *Democracy without Women: Feminism and the Rise of Liberal Individualism in France*. Trans. Claudia Gorbman and John Berks. Bloomington: Indiana UP, 1991.

Godet, Philippe. *Madame de Charrière et ses amis, d'après de nombreux documents inédits, 1740–1805*. Geneva: Jullien, 1906.

Goodman, Dena. "Enlightenment Salons: The Convergence of Female and Philosophical Ambitions." *Eighteenth-Century Studies* 22 (1989): 329–50.

Harth, Erica. *Cartesian Women: Versions and Subversions of Rational Discourse in the Old Regime*. Ithaca: Cornell UP, 1992.

Hesse, Carla. "Kant, Foucault and *Three Women*." *Foucault and the Writing of History*. Ed. J. Goldstein. Oxford: Blackwell, 1994. 81–98.

Kant, Immanuel. *On the Old Saw: That May Be Right in Theory but It Won't Work in Practice*. Trans. E. B. Ashton. Philadelphia: U of Pennsylvania P, 1974.

Landes, Joan. *Women and the Public Sphere in the Age of the French Revolution*. Ithaca: Cornell UP, 1988.

Letzter, Jacqueline. *Intellectual Tacking: Questions of Education in the Works of Isabelle de Charrière*. Amsterdam: Rodopi, 1998.

Munteano, Basil. "Episodes kantiennes en Suisse et en France sous le Directoire." *Revue de littérature comparée* 15 (1935): 387–454.

Mylne, Vivienne. *The Eighteenth-Century French Novel: Techniques of Illusion*. 2nd ed. Cambridge: Cambridge UP, 1981.

Reid, Thomas. *An Inquiry into the Human Mind: On the Principles of Common Sense*. Edinburgh, 1764.

Smith, Charlotte. *Desmond*. London, 1792.

Staël, Germaine de. *Delphine*. Paris: Garnier, 1875.

Stewart, Joan Hinde. *Gynographs: French Novels by Women of the Late Eighteenth Century*. Lincoln: U of Nebraska P, 1993.

Thompson, Anne. "Le philosophe et la société." *Studies on Voltaire and the Eighteenth Century* 190 (1980): 273–84.

Trousson, Raymond. *Isabelle de Charrière: Un destin de femme au XVIII siècle*. Paris: Hachette, 1994.

Whatley, Janet. "Isabelle de Charrière." *French Women Writers: A Bio-bibliographical Source Book*. Ed. Eva Martin Sartori and Dorothy Wynne Zimmerman. New York: Greenwood, 1991. 35–46.

White, R. S. *Natural Rights and the Birth of Romanticism in the 1790s*. Basingstoke, Eng.: Palgrave Macmillan, 2005.

Williams, Helen Maria. *Julia: A Novel; Interspersed with Some Poetical Pieces*. London, 1790.

———. *Letters from France*. London, 1791–96.

———. *Letters Written in France in the Summer of 1790, to a Friend in England*. London, 1790.

Wood, Dennis. *The Novels of Isabelle de Charrière*. Diss. Cambridge U, 1975. 21 Jan. 2005 <http://artsweb.bham.ac.uk/ artsFrenchStudies/Wood/thesis/dwthtp.htm>.

PRINCIPAL WORKS OF ISABELLE DE CHARRIÈRE

Le noble. 1763

Portrait de Zélide. 1763

Lettres neuchâteloises. 1784

Lettres de Mistriss Henley publiées par son amie. 1784

Lettres écrites de Lausanne. 1785

Caliste ou continuation des Lettres écrites de Lausanne. 1787

Observations et conjectures politiques. 1787–88

Plainte et défense de Thérèse Levasseur. 1789

Éloge de Jean-Jacques Rousseau. 1790

Aiglonette et Insinuante ou la souplesse. 1791

Lettres trouvées dans la neige. 1793

Lettres trouvées dans les portefeuilles d'émigrés. 1793

L'émigré. 1793

Trois femmes. 1796

Honorine d'Userche. 1798

Sainte-Anne. 1799

Les ruines de Yedburg. 1799

Sir Walter Finch et son fils William. 1806

A CHARRIÈRE BIBLIOGRAPHY

Complete Works of Isabelle de Charrière

Œuvres complètes. Ed. Jean-Daniel Candaux, C. P. Courtney, Pierre H. Dubois, Simone Dubois–De Bruyn, Patrice
Thompson, Jeroom Vercruysse, and Dennis M. Wood.
10 vols. Amsterdam: Van Oorschot, 1979–84.

Principal Editions of *Trois femmes*
(in Chronological Order)

Drei Weiber: Eine Novelle von dem Abbé de la Tour. Trans. L. F.
Huber. Leipzig: Wolfischen, 1795.

Les trois femmes: Nouvelle par l'auteur des Lettres de Lausanne,
publiée pour le soulagement d'une de ses amies dans le malheur.
London: Baylis, 1796.

*Les trois femmes: Nouvelle de M. l'Abbé de la Tour: Publiée par l'au-
teur de* Caliste. Paris: Mourer, 1797.

*Les trois femmes: Nouvelle de M. l'Abbé de la Tour: Publiée par l'au-
teur de* Caliste. Paris: Libraires de Nouveautés, 1797.

Trois femmes, nouvelle de l'Abbé de la Tour. Leipzig: Wolf, 1798.

Les trois femmes, par Madame de Charrière, auteur des Lettres écrites
de Lausanne, *de* Sir Walter-Finck, *etc.* Paris: Nepveu, 1808.

Les trois femmes, par Mme de Charrière, auteur des Lettres écrites
de Lausanne, *de* Sir Walter-Finck, *de* St-Anne *et* Honorine
d'Uzerches, *etc, etc.* Paris: Nepveu, 1809.

Trois femmes. Lausanne: Longchamp, 1942.

Lettres neuchâteloises *suivi de* Trois femmes. Ed. Charly Guyot. Lausanne: Bibliothèque Romande, 1971.

Modern Editions of Other Novels by Isabelle de Charrière

Caliste ou Lettres écrites de Lausanne. Ed. Claudine Hermann. Paris: Des Femmes, 1979.

Honorine d'Userche. Toulouse: Ombres, 1992.

Lettres de Mistriss Henley publiées par son amie. New York: MLA, 1993.

Letters of Mistress Henley Published by Her Friend. Trans. Philip Stewart and Jean Vaché. New York: MLA, 1993.

Lettres écrites de Lausanne. [Includes Rousseau's *Julie ou la nouvelle Héloïse.*] Ed. Jean Starobinski. Lausanne: Rencontre, 1970.

Lettres neuchâteloises. Ed. Isabelle Vissière and Jean-Louis Vissière. Paris: Différence, 1991.

Note on the Text

This text is based on the edition of *Trois femmes* contained in volume 9 of Isabelle de Charrière's *Œuvres complètes* but has been updated to reflect modern spelling and typographic conventions. One typographic property of early editions of *Trois femmes* that has not been preserved in this edition is the treatment of direct speech. In early editions, characters' utterances are generally indicated by dashes, and several utterances may be placed consecutively in a single paragraph. For the sake of readability, I have followed the 1993 MLA edition of Charrière's *Lettres de Mistriss Henley* in regularizing the use of quotation marks to indicate direct speech and in providing a separate paragraph for each utterance.

ISABELLE DE CHARRIÈRE

Trois femmes
Nouvelle de l'Abbé de la Tour

Cogitans dubito

«Pour qui écrire désormais?» disait l'Abbé de la Tour.[1]

«Pour moi», dit la jeune Baronne de Berghen.

«On ne pense, on ne rêve que politique», continua l'abbé.

«J'ai la politique en horreur», répliqua la baronne, «et les maux que la guerre fait à mon pays me donnent un extrême besoin de distraction. J'aurais donc la plus grande reconnaissance pour l'écrivain qui occuperait agréablement ma sensibilité et mes pensées, ne fût-ce qu'un jour ou deux.»

«Mon Dieu! Madame», reprit l'abbé, après un moment de silence, «si je pouvais...?»

«Vous pourriez», interrompit la baronne.

«Mais non, je ne pourrais pas», dit l'abbé; «mon style vous paraîtrait si fade au prix de celui de tous les écrivains du jour! Regarde-t-on marcher un homme qui marche tout simplement, quand on est accoutumé à ne voir que tours de force, que sauts perilleux?»

L'épigraphe est en latin et signifie, «Penser, c'est douter.»

[1]Cette conversation a lieu dans un salon, où discute l'abbé du titre avec des savants et autre gens de conviction.

5

«Oui», dit la baronne. «On regarderait encore marcher quiconque marcherait avec passablement de grâce et de rapidité vers un but intéressant.»

«J'essayerai», dit l'abbé. «Les conversations que nous eûmes ces jours passés sur Kant, sur sa doctrine du devoir, m'ont rappelé trois femmes que j'avais vues.»[2]

«Où?» demanda la baronne.

«Dans votre pays, même, en Allemagne», dit l'abbé.

«Des Allemandes?»

«Non, des Françaises. Je me suis convaincu auprès d'elles qu'il suffit, pour n'être pas une personne dépravée, immorale, et totalement méprisable ou odieuse, d'avoir une idée quelconque du devoir, et quelque soin de remplir ce qu'on appelle son devoir. N'importe que cette idée soit confuse ou débrouillée, qu'elle naisse d'une source ou d'une autre, qu'elle se porte sur tel ou tel objet, qu'on s'y soumette plus ou moins imparfaitement; j'oserai vivre avec tout homme ou toute femme qui aura une idée quelconque du devoir.»

«Vous oserez vivre avec tout le monde», dit un sectateur de Kant, «car c'est une idée universelle et pour ainsi dire innée.»

«Cela vous plaît à dire», s'écria un théologien, «la manifestation seule de la volonté divine peut nous la donner.»

---

[2]Philosophe allemand, que l'on dit être un homme profond. Il est encore plus admiré qu'il n'est entendu, de ceux qui lisent ses ouvrages. [Du texte original.] Immanuel Kant (1724–1804), philosophe allemand qui soutenait que la moralité ne consiste qu'en devoir, un devoir composé de principes moraux immuables.

«Quel besoin si absolu avons-nous de cette manifestation?» dit un homme qui n'était pas théologien.[3] «Quand la connaissance de nos intérêts particuliers et de ceux de la société, qui sont les nôtres aussi, suffit pour nous imposer des devoirs et nous donner d'abord la volonté, puis l'habitude et le besoin de les remplir.»

«Tout cela n'est que calcul et prudence», dit l'homme qui avait parlé le premier, «et je ne vois rien dans la prospérité de la société, ni dans la mienne propre, qui me fasse un devoir de mes devoirs.»

«Les promesses et les menaces qui regardent l'éternité, sont bien autrement imposantes», dit le théologien.

«Il est vrai», reprit le kantiste, «et cependant je ne trouve pas en elles de quoi constituer le devoir. L'idée du devoir me paraît simple, ne se composant que d'elle-même; on ne peut pas l'analyser.»

«Elle émane de Dieu», dit un jeune homme qu'à son air on aurait pris pour l'élève de Fénelon,[4] «ou plutôt notre cœur la puise dans un amour pur et désintéressé de l'Être suprême.»

«Si elle échappe à l'analyse», dit un homme qui n'avait pas encore parlé, «ne serait-ce pas parce que loin d'être simple, elle est au contraire trop complexe, et se compose

---

[3]C'est-à-dire, un athée, et souteneur d'une morale *utilitarienne*, selon laquelle l'homme est guidé par l'interêt seul, et la vertu consiste à produire la plus grande portion de contentement possible.

[4]C'est-à-dire, un catholique.

7

d'idées qui par leur action et leur réaction les unes sur les autres, se subtilisent vraiment à l'infini? Songez que depuis notre naissance nous sommes dans le monde tout à la fois spectacle et spectateurs, jugés et juges, mêlant sans cesse l'idée de ce qu'il nous convient que soient et fassent nos semblables, avec celle de ce qu'il leur convient que nous soyons et fassions; de manière qu'il se crée en nous une conscience dont il nous est impossible de reconnaître les éléments. Dans notre enfance un maître nous punit de lui avoir enlevé sa plume et de lui avoir nié le larcin; en même temps qu'il nous punit, il nous menace pour notre vie entière, des mépris et de la haine de tout l'univers, si nous volons et mentons. Voilà aussitôt des notions et des appréhensions qui se lient entre elles dans le rapport de causes et d'effets. Telle action ne se présente plus à notre imagination que comme punissable et haïssable, tandis que telle autre se montre comme avantageuse et glorieuse. On n'a point de peine à nous persuader que Dieu juge nos actions comme nous les jugeons nous-mêmes, et c'est une autorité, une sanction de plus pour des lois que tout nous prescrit. Enfin, l'idée du devoir devient tellement forte et puissante que si elle perdait l'une ou l'autre de ses bases, elle n'en subsisterait pas moins; on peut la braver, mais non la détruire; elle se soumet non seulement nos actions, mais nos intentions, nos dispositions et jusqu'à nos plus secrètes et fugitives pensées. L'on rougit, étant seul, d'une velléité que personne ne soupçonnera jamais; et je sens que je pourrais mourir de remords d'un crime que j'aurais tenté, mais que j'aurais été empêché de commetre.»

«C'est le courroux du ciel!» dit le théologien.

«C'est l'autorité simple, éternelle, indestructible du devoir!» dit le kantiste.

«Mais », dit l'homme de la société, «un sauvage n'éprouvera rien de semblable.»

«Qu'en savez-vous?» dit l'abbé.

«Allez écrire», lui dit la baronne.[5]

---

[5]«Beaucoup de gens trouvent mauvais,» a dit à l'auteur de *Trois femmes* un homme de sens et d'esprit, «beaucoup de gens trouvent mauvais que vous presentiez, sous toutes sortes de formes le 'que sais-je?' de Montaigne. C'est la seule critique raisonnable qui me soit parvenue.» [Du texte original.]

PREMIÈRE PARTIE

Émilie avait seize ans et demi quand elle émigra avec son père et sa mère, gens de mérite, d'honneur, de naissance, et qui avaient été assez riches pour espérer de marier très bien leur fille. Elle était fille unique, elle avait de la beauté et de l'esprit, on lui avait prodigué toute espèce d'instruction, et cependant elle n'avait qu'un amour-propre et des prétentions supportables : elle parlait avec assez de simplicité; elle avait quelques égards pour des étrangers qui l'accueillaient.

Son père et sa mère espéraient, ainsi que tant d'autres, une contrerévolution prochaine, uniquement parce qu'ils la désiraient, et cet espoir les avait empêché de vendre, lorsqu'ils en était encore temps, un château en provence et un hôtel qu'ils avaient à Paris. Sans prévoyance d'abord, bientôt sans argent, le chagrin triompha de leur raison, altéra leur santé, et les conduisit au tombeau presqu'en même temps.

«Vivez pour moi», s'écriait la malheureuse Émilie, en considérant l'étendue de la perte dont elle était menacée;

11

«réanimez votre courage, rappelez votre vie que je vois s'échapper.»

«C'est ma femme, c'est ma fille dont l'infortune me donne la mort», disait son père affaibli.

«Je ne puis survivre à mon époux, ni supporter la misère de mon enfant», disait sa mourante mère. Émilie les pleura amèrement, et au milieu d'un pays étranger, elle se crut sans amis et sans ressource.

Dès qu'elle fut un peu calmée, une jeune Alsacienne restée seule d'un nombreux domestique et qui servait Émilie avec autant d'adresse que d'attachement, lui dit : «Vous croyez n'avoir plus rien quand vous n'avez que votre Joséphine; mais vous vous trompez, Mademoiselle, et Joséphine le prouvera. C'est demain qu'il nous fallait payer notre logement, et peut-être ne l'auriez-vous pu sans vous gêner; mais la chose est faite. Quel meilleur parti pouvais-je tirer de mes épargnes! Et ne croyez pas que j'aie donné tout ce que je possédais. Il me reste de quoi payer pendant six mois, au moins, une habitation plus petite mais plus gaie, que je suis d'avis que nous prenions à la campagne : voici le printemps, et la ville où nous sommes, outre qu'elle vous rappellera longtemps de fort tristes souvenirs, me paraît un assez lugubre séjour.»

Émilie regarda Joséphine avec quelque surprise, pleura, et supprimant les objections et les réflexions que sa fierté lui suggérait, supprimant jusqu'aux remercie-ments qu'elle sentait bien ne pouvoir être proportionnés à un dévouement si généreux, elle lui dit : «Pardon, Joséphine, si je n'ai ni deviné ni étudié ton excellent cœur. Nous demeurerons où tu voudras. Je m'en remets à ton discernement et à ton zèle.»

Joséphine, fière et reconnaissante de voir ses bienfaits agréés, baisa la main de sa maîtresse, puis la quitta pour s'occuper de leurs nouveaux arrangements. En peu de jours quelques meubles qu'on avait furent vendus, d'autres transportés, et les deux jeunes personnes se trouvèrent bientôt établies dans la plus jolie maison du plus joli village de la Westphalie.

Les propriétaires en occupaient la moitié; ils étaient vieux, et cédèrent un jardin qu'ils ne pouvaient plus cultiver pour une petite redevance payable en choux et en pommes de terre. Joséphine cultivait toutes sortes de légumes, nourrissait une chèvre, filait du chanvre et du lin. Émilie arrosait quelques rosiers, carressait la chèvre, brodait de la mousseline et du linon, dont Joséphine était parée le dimanche et les jours du fête. On vivait simplement et sainement. Joséphine était respectueuse et gaie, Émilie douce et sérieuse. Quelquefois elles parlaient, plus souvent elles chantaient ensemble. Joséphine avait une fort belle voix que guidait celle d'Émilie. Toutes deux regrettaient une excellente harpe dont Émilie jouait fort bien, et qui s'était brisée dans le voyage précipité qu'on lui avait fait faire lorsqu'on se sauvait de France.

Un soir, comme les deux jeunes personnes allaient s'asseoir sous un vieux treillage que couvrait le lierre et le chèvrefeuille, elles y trouvèrent une belle harpe toute neuve.

Joséphine eut plus de joie, Émilie plus de surprise.

«Comment se peut-il...!» dit Émilie.

«Jouez, jouez!» s'écria Joséphine, en tirant la harpe de son étui; «de grâce, jouez et chantez.»

Émilie prend la harpe et la parcourt de ses doigts agiles, puis joue et chante. Les oiseaux se taisent, les antiques maîtres de la maison se traînent au jardin, et derrière une haie d'épine fleurie et de sombre houx se laisse voir leur jeune fils; mais son maître, le fils unique du seigneur du village, se cache mieux ou se tient plus éloigné; il n'est vu de personne.

«Qu'est-ce donc que cette harpe?» dit Émilie à sa compagne, quand elles furent rentrées. «Est-ce une galanterie, et de qui peut-elle venir?»

«Je soupçonne quelque chose, mais je ne sais rien», dit Joséphine.

«Tu soupçonnes!» reprit Émilie; «que soupçonnes- tu?»

«Vous avez bien vu, Mademoiselle, qu'Henri m'aide tous les jours à puiser de l'eau, à porter du bois, à traire la chèvre...»

«J'ai vu un jeune homme que tu m'as dit être le fils de la maison.»

«Eh bien, c'est Henri; c'est celui de qui je vous parle : il est la complaisance même; cela attire la confiance. Je lui ai dit qu'autrefois vous jouiez de la harpe comme un ange; mais que votre harpe était gâtée.»

«Mais Joséphine, ce n'est sûrement pas Henri qui a pu se procurer celle que nous avons trouvée au jardin...»

«...et que voici!» dit Joséphine, en montrant la harpe posée dans un coin de la chambre.

«Quoi, tu l'as apportée, Joséphine! Une harpe qui ne m'appartient pas!»

«Vouliez-vous que nous la laissassions à l'humidité de la nuit et qu'elle se gâtât comme l'autre? J'ai fait signe à Henri de l'apporter, et je viens de la prendre de ses mains.»

«Mais c'est accepter», dit Émilie, «le don d'un inconnu.»

«Supposons que ce soit à moi qu'il se fasse, je l'accepte de grand cœur», dit Joséphine. «Henri savait que je regrettais le plaisir de vous entendre jouer; il l'aura dit au fils du seigneur du village, dont il est le domestique; et celui-ci, ému de pitié pour une jeune fille éloignée de tous ses parents, et obligée par son attachement pour ses maîtres à vivre dans une terre étrangère...» Ici quelques larmes coupèrent la voix à Joséphine, et des larmes plus abondantes coulèrent sur les joues de sa maîtresse.

«La harpe est sûrement à toi», dit-elle; «on te l'a envoyée du château : nous la garderons, et tous les jours je jouerai quelqu'un de tes airs favoris.» En même temps elle accorde, prélude, et chante en s'accompagnant la romance que Joséphine aimait le mieux.

15

La nuit suivante, Émilie rêvant à l'aventure de la harpe et ne pouvant s'endormir, entendit ouvrir fort doucement la porte d'une chambre voisine de la sienne, puis parler fort bas; bientôt elle n'entendit plus rien. Que faire? Ce n'étaient pas des voleurs. Ses camarades de couvent, ses petits cousins, ses grandes cousines ne l'avaient pas laissée dans une telle ignorance qu'elle ne soupçonnât la vérité. Fallait-il appeler? Fallait-il surprendre Henri et Joséphine? Émilie ne put s'y résoudre, et pensant qu'elle ne pourrait s'empêcher désormais de mépriser le seul objet d'attachement qui lui restât, sa compagne, son amie, sa bienfaitrice, elle passa le reste de la nuit à pleurer.

Le jour venu, Joséphine vint reprendre ses occupations auprès de sa maîtresse qui dormait alors, mais d'un sommeil agité : elle parlait même en dormant, et nommait Joséphine. Celle-ci, très-inquiétée, se mit à genoux devant son lit. Émilie se réveilla. L'attitude où elle vit la coupable, se mêlant à ses rêves et au souvenir de ce qu'elle avait entendu, donna lieu à des paroles moitié de reproche, moitié d'indulgence, qui non entendues d'abord, amenèrent enfin une explication et une conversation fort longue.

«Pensez-vous donc que je pusse tout faire, Mademoiselle?» dit Joséphine. «Henri trait la chèvre dont nous avons le lait; il puise l'eau et scie le bois pendant que je cultive votre salade; et avec quoi achèterions-nous le café que vous prenez à votre déjeuner, si ce n'était avec le fil que je vends après l'avoir filé?»

«O Dieu! que me fais-tu envisager!» s'écria douloureusement Émilie. «Quoi! tu paies de ton honneur, de ta vertu, les jouissances que tu me procures! Ah! ne me donne que du pain à manger, et de l'eau à boire. Vends mon linge et mes habits, et qu'Henri cesse d'avoir des droits sur une reconnaissance dont il abuse.»

«Oh! Mademoiselle», dit Joséphine, «c'est aussi prendre un peu trop à la lettre ce que je dis. Il se pourrait que j'eusse déjà fait quelque chose pour Henri avant qu'il ait rien fait pour moi, et je ne sais pas bien exactement lequel de nous deux a eu le premier droit à la reconnaissance de l'autre.»

«Quand est-ce qu'il a commencé à te rendre les petits services dont tu parles?» dit Émilie.

«Trois ou quatre jours après notre arrivée ici», repondit naïvement Joséphine.

«Et déjà alors il te devait la reconnaissance!»

«Un peu de reconnaissance», dit Joséphine.

«A peine tu l'avais vu!»

«Henri est fort joli, Mademoiselle; cela est bientôt vu!»

Émilie soupira, et regarda Joséphine avec des yeux où se peignait plus de pitié que de dédain.

«Si tout cela vous paraît si grave», reprit Joséphine, «oserais-je vous demander pourquoi vous ne m'avez pas défendu de recevoir Henri, et ne vous êtes pas opposée à tous les petits services qu'il nous rendait?»

«Je n'y prenais pas garde, Joséphine.»

«Et cependant vous n'aviez rien de mieux à faire, Mademoiselle. Si Joséphine vous eût été aussi chère que vous l'êtes à Joséphine, vous auriez pris soin de ce que vous appelez 'son honneur', comme elle en prenait de tout ce qui vous concerne.»

«Pouvais-je prévoir, ma chère Joséphine...?»

«Oui, sans doute. A quoi sont bonnes toutes vos lectures, si elles ne vous apprennent pas à prévoir les choses mieux que nous, qui n'y pensons que quand elles sont faites. J'oserais presque dire qu'une belle éducation est bien mauvaise si elle ferme les yeux sur ce qui se passe tous les jours dans le monde. Mais ce ne devrait pas être cela. J'ai quelquefois ouvert vos livres : j'y ai vu des rois, des bergers, des bergères, des colonels, des marquis, des princesses. Cela revient toujours au même : les hommes s'introduisent auprès des femmes, et par-ci par-là se battent pour elles, tandis qu'elles se haïssent pour eux : en prose, en vers, il n'est presque question que de cela.»

«J'avoue que j'ai été une imbécile», dit Émilie.

«Et cette nuit, Mademoiselle... pardon si je vous la rappelle, et il m'en coûte : voyez, je suis sûrement toute rouge; cette nuit, que ne veniez-vous à moi, ou que n'appeliez-vous? J'avais commencé par gronder Henri : jamais encore il n'avait osé venir la nuit dans ma chambre; la harpe et la musique l'avaient comme ensorcelé, et de peur de vous réveiller, j'ai pris patience; mais si vous

18

aviez donné le moindre signe que vous ne dormiez pas, Henri se serait sauvé.»

«Je l'aurais dû, Joséphine, et j'y ai pensé; mais la crainte de me compromettre… la décence…»

«Oui, j'entends», dit Joséphine, «la décence, peut-être un peu de fierté, ont laissé la vertu et l'honneur sans secours! Assurément je vous pardonne, Mademoiselle; mais avouez que personne ne fait tout ce qu'il doit. Vous n'avez pu vous résoudre à chasser Henri, et certes ni moi non plus… Mais vous voilà levée et votre déjeuner est prêt. Vite, je cours à l'église : c'est aujourd'hui la fête de saint Sigismond, patron du village; après la messe je resterai au sermon.»

«Mais tu n'entends presque pas l'allemand», dit Émilie.

«N'importe», repondit Joséphine; «toujours est-il à propos de rester au sermon, et j'ai mille fois entendu dire que les maux de la France ont commencé quand on ne s'y est plus soucié de sermons ni de messes, de fêtes ni de dimanches. Ah! Mademoiselle, c'est une terrible chose que d'oublier entièrement son dieu et son salut. Si les rois de la terre avaient su ce qu'ils faisaient, ils auraient mieux servi le dieu du ciel : ils nous ont donné l'exemple de ne respecter rien… Mais j'entends la cloche. Adieu, Mademoiselle.»

Quand Joséphine fut revenue de l'église, Émilie lui dit : «Je n'ai cessé de penser à toi.»

«Ni moi à vous», dit Joséphine. «J'ai vu le seigneur et la dame du village, leur fils et leurs domestiques : cela avait l'air un peu antique, un peu grotesque. Dame! on voit que cela n'arrive pas de Paris. Mais n'importe : le jeune homme a très bonne mine, et il se formerait aisément avec nous.»

«J'ai pensé bien sérieusement», reprit Émilie «à toi, et à la scène de cette nuit.»

«Quoi! cela n'est pas oublié encore?» dit Joséphine, en se mettant en devoir de coiffer sa maîtresse.

«Non, Joséphine, cela n'est pas oublié; et comme je ne veux plus mériter le reproche, hélas! trop juste, que tu m'as fait, je t'exhorte à considérer...»

«Tenez-vous un peu plus droite, Mademoiselle, ou je risque de vous coiffer tout de travers.»

«Joséphine, pour ne pas t'ennuyer d'un long sermon, je te dirai seulement...»

«Vraiment, Mademoiselle, vous faites bien de m'épargner un long sermon. C'est assez d'un dans une matinée, et l'ennui que je sors d'avoir, me doit mériter le ciel. N'entendre presque pas un mot, se tenir comme une souche et n'oser pas dormir, parce qu'on est regardé de tout le monde...»

«Joséphine, veux-tu me promettre de ne plus recevoir Henri?»

«Ah! Mademoiselle, je vous promets bien que vous ne serez plus reveillée par cet indiscret.»

«Ce n'est pas de cela qu'il s'agit, Joséphine. Peu importe mon sommeil, mais...»

«Je vous entends, Mademoiselle. Eh bien, nous verrons. Promettre est bien positif. Je ne veux pas me mettre à vous mentir, à vous tromper, à vous manquer de parole.»

«Mais si ta promesse te retenait, Joséphine?»

«Il y a eu un an à Pâques, Mademoiselle, que je fis une pareille promesse de bien bon cœur à Dieu, c'est-à-dire à mon confesseur : cela n'a tenu que six semaines.»

«Quoi, Joséphine! Henri n'est donc pas le premier...?»

«Eh non, Mademoiselle!»

«Qui est-ce qui a séduit ta jeunesse?»

«À quoi bon vous le dire, Mademoiselle? Cela vous fera peut-être quelque peine, et vous trouverez que je vous manque de respect de parler si naturellement de votre famille.»

«Non, Joséphine. Dites.»

«C'est M. votre oncle, le grand vicaire.»

«Est-il possible, Joséphine?»

«Rien n'est plus vrai, Mademoiselle; à telles enseignes que voilà une croix qu'il m'a donnée; voilà aussi une bague; et vous connaissez mes *heures*[6] avec leurs crochets d'argent, il me les a données aussi : tenez, les voilà; elles ont été imprimées à **, et le nom de M. l'évêque s'y trouve tout de son long.»

«Mais il y a eu un an à Pâques que vous étiez bien éloignée de mon oncle le grand vicaire : il avait émigré déjà, et il était en Espagne.»

«Cela est vrai, Mademoiselle; mais étais-je éloignée aussi du frère de Madame votre mère, M. le Marquis de ***?»

---

[6]C'est-à-dire mon livre d'heures, livre de priéres pour toutes occasions.

«Ah, mon Dieu! Joséphine!»

«Pour celui-là, il ne m'a rien donné qu'un vieux dé d'or,[7] qu'il avait peut-être pris à Mme la marquise. Il n'y avait pas bien du mal à cela, car Mme la marquise, toujours occupée de sa toilette ou de ses vapeurs, ne faisait œuvre de ses mains.»

«Ma pauvre tante!» dit Émilie, en soupirant.

«Oui», dit Joséphine, «elle fut bien triste après la mort tragique du Chevalier de ***. Je lui en vis recevoir la nouvelle. Un ami lui rapporta ses lettres et son portrait. Ah, Jésus! dans quel état je la vis les quatre ou cinq premiers jours! L'ami du chevalier commençait à la distraire quand il fallut se quitter. Il avait une compagnie dans l'armée de Mirabeau. Sans doute ils se seront revus à Mannheim, où son mari l'a menée.»

La toilette d'Émilie s'acheva sans qu'elle rouvrit la bouche. Elle n'en avait que trop entendu, et n'eut garde de provoquer de nouvelles confidences. «Je comprends», se disait-elle, «pourquoi mon père et ma mère ne m'ont pas ordonné de me rapprocher de mes parents, et ne m'ont pas recommandée à eux. 'Je te laisse à la providence', m'a dit ma mère : 'prie Dieu, mon enfant; réflechis, conserve tes bonnes habitudes; je n'ai point d'autre mentor à te donner que toi-même.'»

---

[7]Dé à coudre

«Vous êtes bien rêveuse, Mademoiselle», dit Joséphine. «Vous aurais-je offensée?»

«Bien loin de là», dit Émilie, en jetant sur elle un regard plein de douceur. «Je t'aime, je te plains, je t'excuse; je me sens obligée de réparer envers toi les crimes de mes parents. Mais, Joséphine, cette sorte de désordre où l'on t'a plongée va devenir tous les jours plus fâcheux, plus honteux, moins pardonnable, et je crains...»

«Point du tout», interrompit Joséphine; «ma liaison avec Henri, qui n'est ni un prêtre ni un homme marié, est déjà beaucoup plus innocente que les autres, et si je continue à me conduire de mieux en mieux je pourrais bien finir par être une sainte; c'est ce que j'ai toujours ambitionné, car j'ai un grand respect pour les saints et les saintes, et je ne puis souffrir une religion où l'on ne les honore pas : c'est pour cela que j'ai éconduit un assez riche marchand luthérien de la Gueldre prussienne, qui voulait m'épouser.»

«Mais Joséphine, comment accordes-tu ta dévotion avec un péché auquel tu refuses de renoncer?»

«Oh! Mademoiselle, cela peut fort bien aller ensemble. Je dis tous les jours à Dieu dans l'oraison dominicale, 'Pardonnez-nous nos péchés' : je le dis en français après l'avoir dit en latin. Or cela suppose visiblement que Dieu doit avoir quelque chose à pardonner; et comme je ne suis ni gourmande, ni menteuse, ni voleuse, ni médisante, je dis à Dieu, pour ainsi dire, pardonnez-moi Henri, ou

Pierre, ou Jacques. Dieu ne s'y méprend pas et ne manque pas de me les pardonner, car sa clémence est infinie.»

«Amen!» dit Émilie; «je n'ai plus rien à répondre à un docteur tel que toi.»

«Vous voilà jolie comme un ange», dit Joséphine, en approchant un miroir; «un peu de pâleur que vous avez ne vous sied même point mal. Je voudrais bien que les gens du château vous vissent aujourd'hui : vous êtes la moitié mieux coiffée que lorsque le Junker[8] vous rencontra dans le chemin et s'éprit si bien de vous qu'il dit que c'est pour la vie. Allons, Mademoiselle, un petit air de harpe pour nous ragaillardir.»

Émilie joua d'abord pour sa compagne, puis pour elle-même. Elle s'attendrit en jouant. Sa tante et ses oncles lui revinrent à l'esprit, et elle finit par pleurer son père et sa mère comme aux jours de leur mort.

Émilie était seule lorsqu'elle se livrait ainsi à sa douleur. Au moment où elle vit revenir Joséphine, elle essuya des larmes dont il lui eut été difficile et pénible de lui expliquer les différentes causes.

«Je pense comme toi», lui dit-elle d'une voix assez ferme et avec un visage assez serein, «que la harpe ne puis venir que du château; et d'après ce que tu m'as dit de l'intérêt que le jeune homme prétend prendre à moi, je ne peux décemment la garder; cependant il m'en

---

[8]*Junker* (allemand) : un noble allemand.

coûterait de la rendre. Ne pourrais-tu savoir ce qu'elle a coûté? Il me reste quelque argent, que ton travail assidu me rend inutile; j'ai quelques bijoux dont je puis me défaire. Informe-toi, Joséphine, et payons la harpe.»

«Je ne sais, Mademoiselle, si votre dignité exige que vous fassiez ce chagrin à qui a voulu vous faire plaisir. Il se peut que oui. Je ne m'entends pas trop à ces choses-là, mais quelqu'un à qui je donnais une rose voulant me donner un écu, je le refusai, et n'ai jamais pardonné à ce quelqu'un. Vous pourriez faire une chose qui, selon moi, serait plus honnête.»

«Quoi donc, Joséphine?»

«Le dernier fichu que vous avez brodé pour moi est fort joli; je ne l'ai jamais mis, non plus que le tablier qui se doit porter avec le fichu. Les voilà encore dans un carton comme ils sont sortis de vos mains; envoyez-les avec une belle lettre à la mère du Junker.»

«Ils t'appartiennent, Joséphine.»

«Vous les remplacerez, Mademoiselle.»

«Leur valeur est si loin d'être egal.»

«Bon, la valeur! Qu'importe la valeur? Cela est-il beau de compter si juste? Je vous ai vu mille fois, dans le temps de votre prospérité, donner beaucoup pour recevoir peu. Croyez-vous être la seule qui ait ce droit-là, et le plaisir d'être généreuse doit-il n'appartenir qu'à vous? Tenez, voilà le fichu et le tablier bien proprement arrangés; vous écrirez la lettre pendant que je m'habillerai, puis en trois sauts je serai chez Mme la Baronne d'Aldor.»[9]

Émilie, persuadée ou entraînée, consentit à tout ce que voulait Joséphine. Elle y trouvait cela de bon, que le jeune homme verrait qu'elle ne recevrait pas des hommages rendus avec mystère, et qu'elle était d'humeur à éventer le secret de son amour pour elle, supposé que réellement il en eût. «Ou ses galanteries seront avouées de ses parents, ou il ne m'en fera plus», dit-elle; et elle écrivit la lettre que voici :

> J'ai trouvé hier, Madame, sur un banc du jardin où j'ai coutume de me promener, une très belle harpe. Elle ne peut venir que d'une maison qui est l'ornement de la contrée, comme ses maîtres en sont l'amour. Monsieur votre fils aime, dit-on, les talents; il aura su, ou soupçonné, que je les aimais aussi, et je ne doute pas que par un don vraiment digne de lui et de ses nobles parents, il n'ait voulu m'aider à charmer mes chagrins et ma solitude. Un bon cœur lui en a suggéré l'idée; le discernement et le goût ont présidé à son exécution : je ne puis donc m'en offenser; mais je ne puis pas non plus dissimuler le don, ni taire ma reconnaissance. Permettez, Madame, que ce soit à vous que je la témoigne, et daignez agréer ce que la fortune me permet encore de vous offrir, le fruit d'une industrie, hélas! trop médiocre. Croyez, Madame, que je n'ai jamais regretté aussi vivement que dans cet instant sa médiocrité; et recevez l'hommage de mon respect très humble.

Le billet caché, Joséphine, toute glorieuse, part. C'était pour la première fois qu'elle allait au château. Elle était fraîche, alerte, bien mise, jolie. Henri, fort étonné, vint

---

[9]Forme francisée d'Altendorf.

à sa rencontre, et tous les domestiques qui jouaient aux quilles dans la cour restèrent la bouche ouverte en la voyant passer. Elle ne voulut rien dire de sa mission, pas même à Henri, et alla droit à la dame, qui était à la porte du château avec son mari, son fils et un émigré français, abbé. (C'était moi qui, déjà connu dans cette maison, arrivais à l'instant de Munster.) Elle fit une jolie révérence, remit la lettre et le paquet, puis s'en retourna aussi lestement qu'elle était venue.

La surprise de Mme la Baronne d'Altendorf fut extrême, ainsi que celle du baron son époux, et surtout celle de la Comtesse Sophie, jeune parente qui s'était destinée au jeune baron. Quant à celui-ci, le trouble était peint sur son visage et se composait de mille sentiments, les uns doux, les autres fâcheux. «Voilà mon secret découvert», se disait-il, «et Dieu sait si mes parents ne trouveront pas fort mauvais que j'aie fait venir pour une jeune Française la plus belle harpe qu'il y eût à Francfort. Peut-être trouveront-ils encore plus mauvais que j'aime cette jeune Française, et cependant je l'aimerai toujours, voilà qui est bien décidé; car je vois par sa lettre qu'elle a autant de délicatesse et d'esprit que de beauté. Que je suis heureux d'avoir fait sur le seul rapport de mes yeux, un choix que ma raison approuve! J'ai été séduit par les mêmes choses qui séduisent tant d'autres hommes; mais cette séduction, loin de me conduire au vice et au repentir, me conduit au bonheur d'aimer la personne du monde qui mérite le mieux d'être aimée.»

Pendant que le jeune homme, un peu à l'écart, faisait ces réflexions, sa mère regardait avec une admiration mêlée d'humeur le fichu et le tablier. «Il ne se laissera pas marier tout simplement», pensait-elle, «comme ses pères et grands-pères. Il va nous donner de la tablature. Pourquoi s'aviser d'avoir un goût de son propre cru! Ceci me tira du repos dans lequel je végète doucement, depuis que j'ai perdu l'aimable sœur du grand Frédéric; repos qui est la seule félicité à laquelle il faille prétendre en Westphalie et dans la société de M. le Baron d'Altendorf.»

Cette sœur du grand Frédéric[10] était, comme on le devine aisément, la Margrave de Bayreuth, dont Mme d'Altendorf avait été la fille d'honneur ou plutôt l'élève. Elle se souvenait d'avoir vu, étant enfant encore, Voltaire et d'autres beaux esprits à cette cour où l'on parlait français plus qu'allemand; et elle y avait pris, avec la connaissance de cette langue, celle des auteurs qui firent briller le plus sa précision lumineuse et son élegante clarté.

«Théobald! Théobald!» dit Mme d'Altendorf, en regardant son fils qui était absorbé dans sa rêverie. Elle n'en dit pas davantage, de peur de lui attirer une pondérante[11] algarade de la part du vieux baron.

---

[10]Frédéric II de Prusse, mort en 1786.
[11]«Pondérante» signifie «importante.»

C'est précisément cette algarade que désirait la Comtesse Sophie; mais elle avait beau regarder le vieux baron, il ne disait rien du tout. Persuadé qu'un seigneur de château, un père de famille, un gentilhomme à 64 quartiers,[12] ne doit parler que pour être écouté, ordonner que pour être obéi, et n'ayant pas des idées bien promptes ni bien nettes sur la plupart des objets, le Baron d'Altendorf est dans l'habitude de garder un silence fort grave et assez imposant, à moins que sa femme ou quelque autre ne lui suggère une pensée; alors il étend, il appuie et prononce des arrêts contre lesquels il ne faut pas s'aviser de faire la moindre réclamation. Tout le soin de sa femme est de détourner ou diriger cette massue; quelquefois elle a l'addresse de l'alléger un peu.

L'envieuse petite comtesse rompit enfin le silence que chacun gardait.

«Une si belle harpe toute neuve a dû coûter bien cher», dit-elle.

«Voudriez-vous que Théobald l'eût envoyée vieille ou laide?» dit sèchement la baronne.

«Il aurait eu grand tort», dit le baron. «Quand un Baron d'Altendorf fait un présent, n'importe ce qu'il coûte, il faut qu'il soit beau. Je désavouerais mon fils s'il pouvait y avoir quelque chose de mesquin et d'ignoble dans ses procédés. Il y eut vingt-cinq ans tout juste que je fis un présent, que j'appellerai préliminaire, à Mlle de Schönfeld, aujourd'hui

---

[12]Quartiers de noblesse : des ancêtres en droite ligne.

Baronne d'Altendorf. J'y étais autorisé, à la vérité, par ses parents et les miens. Cette alliance convenait aux deux maisons, et avait été désirée surtout par le grand-père de mon épouse, par ses oncles, par sa respectable mère…»

«Vous m'envoyâtes une fort belle montre», interrompit la baronne. «Je l'ai encore, et ce n'est pas le seul présent de prix que vous m'ayez fait.»

«Voilà qui est fort bien», dis-je à mon tour, en m'adressant au vieux baron; «ces souvenirs sont agréables, et ce qui se passe aujourd'hui ne l'est pas moins. Ne trouveriez-vous pas bon que nous allassions, votre fils et moi, chez ma compatriote, pour lui dire que sa lettre et son travail ont été reçus de Madame avec bonté, et que si elle veut venir faire un tour dans votre parc, elle pourra vous y rendre ses devoirs.»

«Oui, sans doute, allez; cela est très bien pensé», dit le baron.

Théobald, ivre de joie, mais se contenant de son mieux, n'eut l'air de me suivre que par obéissance. Quand il fut hors de la vue de ses parents, il me sauta au cou et m'embrassa; puis apercevant Henri, il lui ordonna de préparer dans le plus bel endroit du parc une collation la plus élégante qu'il serait possible.

En un instant nous fûmes chez Émilie. Joséphine, quoiqu'elle fût aussi surprise que charmée de notre visite, nous reçut comme si elle nous eût attendus; et après nous avoir fait entrer dans une chambre fort propre, elle alla avertir sa maîtresse qui était au jardin. Elle venait nous recevoir; nous allâmes à sa rencontre. Je lui addressai le premier quelques mots; mais bientôt Théobald prit la parole, et cela avec plus de grâce et d'assurance que je n'en aurais attendu d'un jeune Westphalien.

Vraiment toute la personne d'Émilie était faite pour exalter l'homme le plus froid et donner de la vivacité au plus flegmatique; mais elle aurait pu tout aussi bien intimider un homme plus hardi que ne le paraissait Théobald; je fus donc agréablement surpris de l'aisance avec laquelle, se félicitant du bonheur de la voir, il la pria de faire partager son contentement à son père et à sa mère qui l'attendaient avec impatience. Quel doux spectacle que cette naissante aurore de l'amour, embellisant les deux plus jolies figures du monde!

Émilie, plutôt brune que blonde, blanche cependant, un peu pâle ce jour-là, d'une stature au-dessus de la médiocre, était pleine de grâce et de séduction. «Si je n'avais su à peu près qui elle est», me dit Théobald, pendant que Émilie s'éloignait de nous pour prendre ses gants et son éventail, «je lui aurais dit, '*O quam te memorem virgo? Namque haud tibi vultus mortalis, nec vox hominem sonat*'.»[13]

Et en effet, Émilie avait un son de voix charmant... Mais Théobald ne mérite-t-il pas que je fasse aussi son portrait?

---

[13] «Comment dois-je te nommer, jeune fille? Tu n'as ni le visage d'une mortelle ni la voix d'un être humain.» Virgile, *l'Enéide*, I, vers 327–28. Charrière aurait su que l'*Enéide* est l'histoire d'un réfugié, à laquelle l'histoire des trois femmes ressemble à certains égards.

Plus grand qu'Émilie, sa taille n'est ni moins légère, ni moins élégante; ses yeux d'un bleu foncé sont doux et brillants; son nez est aquilin, et les plus beaux cheveux blonds ornent sa tête ovale. Qui voudrait peindre le fils de Vénus et d'Anchise, ou l'héritier du trône d'Itaque, ne pourrait mieux faire que prendre pour modèle le jeune Théobald. Mais si Théobald est le plus aimable des hommes, Émilie, ce jour-là, paraît moins une femme qu'une divinité.

Bientôt nous quittons avec elle son temple modeste. Joséphine, sur le seuil de la porte, nous suit des yeux d'un air d'espoir ou plutôt de triomphe, et nous montre du doigt à ses vieux hôtes, assis vis-à-vis de leur demeure, sur le tronc d'un arbre que leur fils a coupé dans le bois voisin. C'est leur siège aujourd'hui; dans quelques mois ce sera leur ressource contre l'hiver glacial.

On se souvient que ce jour-là était un jour de fête; le temps était fort beau, de sorte que tous les habitants du village, oisifs, curieux, contents, nous le virent traverser. Ce n'était que révérences profondes, saluts jusqu'à terre, accompagnés du niais mais cependant aimable sourire de la badauderie bienveillante.

«*Unser Junker sieht recht schmuk aus*», disaient les uns.

«*Das fremde Fräulein ist auch gar lieb*», disaient les autres.[14]
J'avais aussi ma part de cette cordiale effusion.

---

[14]«Il est bien, notre seigneur.»
«La femme étrangère aussi est pas mal.»

Un peu en-deçà de l'entrée du parc nous recontrâmes Henri, qui nous dit dans quel endroit nous trouverions la collation et la compagnie. Je pense qu'il allait chercher Joséphine, pour qu'elle eût part à la fête; car Émilie, après avoir passé une heure environ avec nous et voulant se retourner, vit sa suivante parmi les domestiques du château. Elle l'appela, prit son bras et ne nous permit pas de la reconduire chez elle.

«Comment la trouve M. le baron?» dit la petite comtesse dès que nous eûmes repris le chemin du château.

«Pour moi, je vous avoue...»

«M. le baron», interrompit Mme d'Altendorf, «ne peut trouver cette jeune étrangère que comme elle est, belle, jolie et aimable.»

«Sans doute», dit M. d'Altendorf. «Qu'on soit Française ou Allemande, on est ce qu'on est. La beauté est toujours la beauté, et à Dieu ne plaise que je refuse, par un préjugé trop excessif pour mon pays, de trouver partout la beauté fort belle; il est permis, louable même, d'avoir un peu de partialité, mais trop est trop.»

«Je suis entièrement de l'avis du baron», reprit Mme d'Altendorf. «Un peu de partialité me plaît : elle est bonne, elle est nécessaire pour se trouver bien au milieu des gens avec lesquels on est appelé à vivre, et ne pas donner à tout ce qui vient du dehors une préférence outrageante pour son pays. Cette partialité est un correctif au goût que nous avons tous, du plus au moins, pour les objets nouveaux; elle nous conserve une certaine dignité nationale. Quand je vois de jeunes Allemands se mouler sur la nation française, dédaigner leur propre langue, leurs propres usages, contrefaire un accent qu'ils ne saisiront jamais bien, et s'affliger tout de bon de cette impuissance, j'avoue que je rougis pour eux.»

«Vous avez bien raison, Madame», dit Théobald, «et je me flatte que vous n'aurez jamais à rougir pour moi d'une pareille sottise. Je vous suis fort obligé de m'avoir fait apprendre de bonne heure le français, comme l'anglais et l'italien; mais je ne me piquerai jamais de le parler comme un Français, ni comme je parle l'allemand; je crois même qu'on n'aurait besoin d'aucune partialité pour se garantir d'un travers aussi ridicule.»

«Pour moi, je suis fier de ma nation», dit le baron, «et qui me prendrait pour petit-maître français m'affligerait sensiblement!»

J'eus bien de la peine à m'empêcher de rire. «Il me semble», dis-je, «qu'on ne peut pas trop être, soit fier, soit humilié d'une chose qui nous est imposée si absolument, que d'être né ici ou là.»

«Vous avez raison», dit M. d'Altendorf; «on est né où l'on est né : la chose n'a pas dépendu de nous. Cependant, le corps germanique, l'antique Germanie…»

«…merite notre respect», acheva la baronne.

«Tâchons de lui faire honneur», dit Théobald.

L'on était à la porte du château; Théobald alla rêver seul à son Émilie. Je proposai une partie de trictrac au baron. Mme d'Altendorf prit un livre. La jeune comtesse appela sa femme de chambre et retourna avec elle dans le parc, où elle promena son amer chagrin jusqu'à la nuit.

Le lendemain les dames allèrent faire visite à Émilie, et la ramenèrent avec elles au château. Le surlendemain Émilie y dîna, et trois ou quatre jours se passèrent sans que personne eût l'air de penser aux feux qui s'allumaient, aux chaînes (bien pesants peut-être) qui se forgeaient. Il n'est de jours vraiment heureux que ceux où l'imprévoyance est totale. Le plaisir même n'est pas si doux à prévoir qu'il ne soit plus doux encore de ne prévoir rien. L'hymen étonnerait l'amour si on le lui présentait aux jours de son enfance : il se suffit et ne veut que lui-même; le moment présent est tout pour lui. Si je pouvais consentir à recommencer une pénible carrière, ce ne serait que pour revivre quelques jours semblables à ceux que passèrent alors Émilie et Théobald.

Peu à peu les caractères, en se développant, laissèrent apercevoir des contrariétés. Lesquelles? direz-vous. Oh, lesquelles! cela serait bien long à détailler, et vous pouvez mieux l'imaginer que je ne puis le dire. Théobald, en un mot, était homme et Allemand; Émilie, femme et Française. L'attachement mieux senti amena l'exigence, car chacun des deux, sentant qu'il allait dépendre de l'autre, voulut que l'autre aussi fût dépendant, et chercha à faire les meilleures conditions qu'il pourrait avec son maître.

Un jour qu'on parlait de vues riantes et agréables, Théobald dit n'avoir rien tant admiré que la Seine et ses rives, telles qu'il les avait vues du Pont Neuf, un certain soir, au coucher du soleil.

«Quoi!» s'écria Émilie. «Vous avez été à Paris! Pourquoi donc ne le disiez-vous pas?»

«Rien de moins intéressant que ce voyage», répondit froidement Théobald. «Nous le fîmes en courant; j'avais quatorze ans tout au plus, et je ne restai pas trois semaines à Paris.»

«Mais», dit Émilie, «c'est assez pour savoir que Paris est au-dessus de tout; et je suis bien sûre que si la tranquillité y ramenait l'ordre et les plaisirs décents, vous voudriez y passer votre vie.»

«Pas du tout», dit Théobald.

«Se pourrait-il», dit Émilie, «que les horreurs commises par quelques hommes égarés, frénétiques, vous fissent méconnaître un peuple foncièrement si doux, si aimable, si généreux?»

«Je parle le moins que je puis», dit Théobald, «de cette longue suite d'horreurs qui dégradent l'humanité encore plus qu'elles ne déshonorent vos compatriotes. Peut-être en eût-on fait autant ailleurs dans des circonstances semblables; mais ces chansons tant chantées, ces fêtes, cette marque faite au cou de votre roi dans presque toutes les effigies que j'ai vues de lui après sa mort...»

«Vous croyez d'après cela...» interrompit vivement Émilie.

«Je crois», reprit Théobald, «que les Français sont plus gaiement barbares, ou plus barbarement gais que les autres nations, et sans que je les en haïsse davantage, cela me les rend plus antipathetiques. Dans les exceptions mêmes que mon cœur serait forcé de faire, si j'apercevais une forte teinte de l'humeur nationale…»

«Que feriez-vous, Monsieur?» dit Émilie.

«Mademoiselle», dit Théobald, «je serais désolé.»

Émilie ne se découragea pas, et après quelques moments de silence, elle dit d'un ton à demi-ironique : «Malgré les défauts si choquants de ma nation, j'oserai penser que tout homme qui pourra vivre à Paris y vivra.»

«Je serai l'homme bizarre», dit sur le même ton le jeune baron, «qui fera exception à cette règle universelle, et je déclare que j'aimerais mieux ne sortir jamais d'Altendorf, y employer toute ma vie à servir de tuteur, d'arbitre, de consolateur à ses habitants, que de la passer sans utilité pour personne dans cette capitale fameuse, séjour brillant des grâces, du goût et de tous les plaisirs.»

Le son de voix de Théobald s'était altéré à mesure qu'il parlait, et décélait un grand trouble. Il prit avec précipitation un volume de l'*Émile* qu'il trouva sous sa main, et sortit du salon et du château.

La petite comtesse triomphait.

«Quel moment pour se promener!» dit-elle. «On suffoque. Il faut avoir bien envie de sortir d'ici pour aller courir les champs à quatre heures après-midi, le premier de juillet.»

«J'ai la même envie que M. votre cousin», dit Émilie, outrée, «et je prie M. l'abbé de vouloir bien affronter la zone torride et me ramener chez moi.»

Peut-être Émilie espérait-elle rencontrer Théobald, mais elle ne vit que son livre qu'il avait laissé ouvert sur un banc : elle le prit, et le retournant, elle lut, «Sophie, vous êtes l'arbitre de mon sort, vous le savez bien. Vous pouvez me faire mourir de douleur, mais n'espérez pas me faire oublier les droits de l'humanité : ils me sont plus sacrés que les vôtres; je n'y renoncerai jamais pour vous.»[15] Elle remit le livre comme elle l'avait trouvé, et nous continuâmes à marcher sans rien dire; mais je lisais dans ses mouvements, dans sa démarche lente d'abord, puis précipitée : «Serait-il vrai? Ces mots me conviendraient-ils? 'Vous êtes l'arbitre de mon sort!' Mais ne vouloir jamais sortir d'ici, et prendre contre moi des précautions, des résolutions si fortes, si décisives! En France les femmes règnent, dit-on. Quelle différence! Ah, bon Dieu! quelle différence!»

En revenant au château, je trouvai Théobald qui allait et venait comme un homme préoccupé. Je l'abordai, et nous nous promenâmes quelque temps sans qu'il sortît de sa rêverie.

---

[15]Citation d'*Émile, ou de l'éducation* (1762), traité d'éducation de Jean-Jacques Rousseau (1712–78).

Le temps se couvrait. Il avait fait fort chaud. Bientôt le tonnerre gronda, et mille éclairs percèrent les nues.

«Ne pourrions-nous aller voir si elle a peur», me dit Théobald, «je crains de lui avoir fait de la peine»; et sans attendre ma réponse, s'appuyant sur mon bras, il me fit prendre avec lui le chemin de la demeure d'Émilie.

Nous approchions quand un bruit de voiture et des cris confus nous firent courir au grand chemin, dont nous nous étions éloignés. Que n'avions-nous pu arriver un moment plus tôt! Des chevaux effrayés par l'orage avaient jeté leur conducteur à terre, et portant la berline qu'ils trainaient contre une borne, ils la versèrent rudement à nos yeux. Engagés dans les traits et dans les rênes, ils se débattaient avec force, et le désastre allait devenir horrible si nous n'eussions réussi à les arrêter et à relever le postillon blessé et sanglant qu'ils foulaient sous leurs pieds. Des paysans étant accourus l'emportèrent, pendant que Théobald et moi, aidés par un domestique aussi adroit que vigoureux, nous retirions du carosse une femme évanouie. Où la porter? Le château était bien éloigné. Je demandai au domestique, qu'à son accent je jugeai être de Paris, si sa maîtresse était Française.

«Je ne le sais pas», me répondit-il.

«Mais parle-t-elle français?»

«Oh oui, Monsieur.»

«Eh bien», dis-je à Théobald, «supposons-la française, et confions-la aux soins de ses deux jeunes compatriotes.» Théobald y consentit, et nous voilà au logis d'Émilie.

Aux coups rédoublés dont nous frappâmes la porte, Joséphine sortit d'une cave où elle s'était enfermée. Sa grande frayeur fit bientôt place à une plus grande compassion.

«Ah! mon bon Jésus!» s'écria-t-elle, «pauvre jeune dame! Est-elle morte?» Nous l'assurâmes que non, et que ses artères battaient.

«Eh bien! Portons-la sur mon lit», dit Joséphine, «et donnons-lui toutes sortes de secours.»

Ces secours donnés avec tant de zèle ne tardèrent pas à produire un bon effet. La dame ouvrit les yeux, et montrant sa surprise, elle s'efforça d'exprimer sa reconnaissance. Elle parlait français avec un accent légèrement étranger, qui ne me donna aucune lumière sur le pays où elle était née, mais tout en elle dénotait la meilleure éducation.

Cependant Émilie ne paraissait pas.

«Où est donc votre maîtresse?» dis-je à Joséphine.

«Je l'ai laissée, bien malgré moi, au jardin», me répondit-elle. «Quand on est rêveuse à ce point, on n'entend pas Dieu tonner!»

En effet, nous trouvâmes Émilie à demi couchée sur le banc de la harpe, et quand nous lui demandâmes si elle n'avait point eu de frayeur : «Frayeur! de quoi?» nous dit-elle. Alors nous lui racontâmes l'orage et l'accident qu'il avait causé.

«La dame est-elle Française?» me dit Émilie en s'acheminant avec nous vers le logis.

«Nous ne le savons pas», lui dis-je.

«Si elle n'est pas Française, je l'en féliciterai», dit Émilie.

Dès qu'elle fut auprès de l'étrangère, elle lui donna avec une grâce touchante les assurances du plus vif intérêt, et ces assurances furent reçues de la même manière qu'elles étaient données. Une contusion à la tête, une autre au bras, qui bien que plus considérable n'avait rien d'alarmant, ce fut là tout le mal que l'étrangère se trouva avoir, après qu'une saignée eut entièrement dissipé l'effet de sa frayeur. Elle demanda des nouvelles du fidèle Lacroix, et Lacroix dans ce moment arrivait avec une pesante cassette. Elle demanda ensuite ce qu'était devenu le postillon; on l'assura qu'il était soigné.

«A présent», dit-elle, «la peur de causer ici bien de l'embarras est mon unique peine.»

Émilie la rassura avec bonté, et moi, pensant qu'elle avait grand besoin de repos, j'engageai Théobald à prendre congé des deux dames. En sortant, il prit la main d'Émilie. Émilie retira et rendit sa main. Il la baisa. Des larmes coulèrent des yeux d'Émilie.

«Pourquoi», lui dit Théobald, «m'avoir mis dans la cruelle alternative de vous offenser ou de désavouer mes principes et ma patrie? Ce n'est pas l'accident seul de la dame étrangère qui m'a amené auprès de vous : j'y venais, l'abbé vous le dira, j'y venais déplorer le malheur que j'avais eu de vous déplaire. Émilie, regardez-moi comme un homme qui vous sacrifierait tout, hors des devoirs sacrés.»

On imagine ce qui se passa les jours suivants : nos visites, les empressements de chacun, la reconnaissance de la dame et sa guérison, hâtée par tout ce que les soins les plus aimables ont de doux et de précieux.

Après cinq ou six jours, elle se trouva en état d'aller voir le pauvre postillon, dont elle paya généreusement l'hôte, la garde et le chirurgien. J'étais avec elle. En revenant, elle voulut entrer dans une petite maison attenante à celle qu'habitait Émilie. D'un coup d'œil elle vit comment on la pourrait rendre commode et agréable.

«Les murailles sont solides», dit elle, «le toit est neuf; voilà une cloison qu'il faudra ôter, là pourra se placer une cheminée.»

Elle demanda au propriétaire ce qu'il demanderait de sa maison, et avant d'en sortir elle l'avait achetée. Nous allâmes trouver aussitôt le charpentier et le maçon; on convint avec eux de l'ouvrage et du prix. Jamais je n'avais vu de femme plus entendue ni plus expéditive.

Joséphine, pendant notre absence, se trouvant seule avec Émilie pour la première fois depuis un assez long temps, lui parla avec beaucoup de détail et de liberté de Mme de Vaucourt (c'est ainsi que Lacroix appelait sa maîtresse). Elle loua ses yeux, ses dents, son pied; trouva sa peau trop brune, ses cheveux trop rudes, son parler trop peu distinct; quant à sa taille elle ne savait qu'en dire. Mme de Vaucourt est fort petite et fort maigre, mais il y a une agilité et une facilité dans tous ses mouvements, qui ne permettent pas de lui souhaiter une autre espèce de grâce, ni plus d'éclat, ni une plus haute stature. Joséphine assura qu'elle était créole,[16] ou que sa mère l'avait été. Émilie jugea seulement qu'elle était fort aimable et pleine d'esprit comme de vivacité. Puis, parlant du désir qu'elle avait de la garder quelque temps à Altendorf, elle dit qu'elle la croyait en tout point de fort bonne compagnie et fort honnête, c'est-à-dire fort sage, parce qu'elle ne lui avait pas entendu dire un seul mot qui sortît des bornes d'une décence scrupuleuse.

«Il se peut bien», dit Joséphine, «qu'elle soit une *vertu*; mais ce n'est pas cette réserve que me le persuaderait. Il est des sottises, Mademoiselle, dont moins on en fait, plus on y pense; cela vous trotte toujours dans l'esprit, et il y paraît plus ou moins au dehors; au lieu que si l'on n'est pas si sage...»

«Allez-vous dire qu'on en sera plus décente?» dit Émilie, en riant.

«J'en serais tentée», dit Joséphine. «Avez-vous vu un air de sainte pareil à celui de Madame votre tante? Et Dieu sait cependant que sans compter le cher chevalier...»

«C'est assez», interrompit Émilie; «je te dispense de tes preuves; mais dis-moi si tu ne t'es point trop fatiguée tous ces temps-ci? Bien souvent tu as veillé la moitié de la

----

[16]*Créole* signifie une personne d'origine européenne, née aux Indes ou en Amerique du sud.

nuit, et le jour ton ouvrage ne s'en faisait pas avec moins d'exactitude. Je te voyais partout; j'ai admiré ton activité et ta vigilance, mais j'ai craint pour ta santé.»

«Bon! Mademoiselle, quand cela est nécessaire et que ce ne sont pas les fantaisies des maîtres qui harcèlent leurs gens, ils ne sentent que du plaisir dans la fatigue. Tenez, ce que vous venez de me dire me ferait oublier mille veilles et toutes sortes de travaux; mais je n'ai point été aussi surchargée de peine que vous le croyez. Il est bien vrai qu'Henri m'a un peu moins aidée qu'il ne faisait, mais M. Lacroix sait tout, fait de tout; il est cuisinier, tapissier, jardinier; que n'est il pas! Soyez heureuse, Mademoiselle, et Joséphine sera trop contente, si toutefois…»

Joséphine soupira. Nous revenions et nous les rejoignîmes.

Madame de Vaucourt dit à Émilie que n'ayant pu se résoudre ni à la quitter, ni à lui être longtemps à charge, elle venait de s'arranger pour devenir sa voisine.

«Si vous m'aimez un peu», dit-elle, «vous me permettrez, quand j'habiterai ma nouvelle demeure, de faire faire une porte de communication entre votre chambre et la mienne.» En même temps elle l'embrassa avec un mouvement si tendre qu'Émilie en fut sensiblement touchée.

«Je n'ai encore remercié personne ici», dit Mme de Vaucourt en serrant à la fois ma main et celle de Joséphine. «Je ne sais point remercier, mais je sais sentir et aimer. Providence divine, c'est à toi que je rendrai grâce! Qui l'aurait cru, que la foudre, en me tuant presque, me ferait trouver un pareil asile, tant de bonté, de mérite et d'agréments réunis!»

Théobald arrivait, et Mme de Vaucourt, ramenant sur lui les yeux qu'elle avait élevés au ciel :

«Puisse», dit-elle «le spectacle de votre bonheur embellir la vie que vous et votre ami m'avez conservée!» Émue, épuisée, elle pâlit, et se laissant tomber sur le lit d'Émilie, elle nous pria de lui laisser quelques instants de repos et de solitude.

Le lendemain, sur une invitation de Mme d'Altendorf, elle vint au château avec Émilie. Toutes deux y revinrent les jours suivants, et le vieux baron lui-même trouvait longues les journées où on ne les voyait pas.

Lacroix, envoyé successivement à Osnabruck, à Munster, à Hanovre, rapporta ce qu'il fallait pour meubler la maison que l'on réparait à force. Tout y fut arrangé à l'allemande. Émilie le remarqua; et comme Mme de Vaucourt avait été témoin de quelques petits différends entre elle et Théobald sur les habitudes nationales, elle lui demanda si elle voulait se faire un mérite à ses dépens?

«Non», dit Mme de Vaucourt, «mais je veux vous donner un bon exemple. Gardons-nous de vouloir établir ici la France, et de traiter des gens qui nous souffrent comme s'ils étaient étrangers chez eux, et que ce fût nous qui les tolérassions.»

«Quoi!» dit Émilie, «quand je suis exilée du plus beau pays du monde, il ne me sera pas permis de m'entourer, pour ainsi dire, de ses mœurs, des usages que le goût y avait consacrés!»

«Non», dit Mme de Vaucourt, «non, cela ne vous est pas permis»; et en même temps elle défendait à Lacroix de mettre dans les choses qu'il arrangeait quoi que ce fût qui rappelât Paris et la France.

Au bout d'une quinzaine de jours sa demeure fut prête à la recevoir. Émilie trouva qu'on s'était trop pressé.

«Si vous êtes sincère», lui dit Mme de Vaucourt, «vous ne me séparerez pas de vous. Nous vivrons en commun. Je recevrai des services de Joséphine, et Lacroix sera à vos ordres autant qu'aux miens. Mais il est juste qu'avant de vous décider, vous puissiez connaître un peu plus celle que vous avez si généreusement accueillie. Demain matin je viendrai vous dire de mon histoire ce que j'en puis dire; après cela vous jugerez s'il vous convient d'associer votre vie à la mienne.»

«Une pareille circonspection tiendrait de la défiance», lui répondit Émilie, «et j'en suis incapable à votre égard. D'ailleurs, si vous pouviez exciter chez moi un sentiment si fâcheux, devrais-je être rassurée par le compte que vous me rendriez vous-même de vous? Quittez, puisque vous l'avez voulu, cette demeure que vous m'avez rendue plus chère en la partageant avec moi; mais revoyons-nous demain et tous les jours et à toute heure. Vous êtes riche, à ce que je vois, et je suis pauvre; mais comme vous ne me paraissez ni fastueuse ni sensuelle, nous n'en pourrons pas moins vivre ensemble, et je consens à ne pas compter trop juste avec une amie.»

«Vous me charmez!» s'écria Mme de Vaucourt. «Que je suis heureuse! que vous me rendez heureuse!» Et elle la quitta en pleurant d'attendrissement et de joie.

La nuit fut longue pour la curiosité d'Émilie; car tout en s'interdisant la moindre question, elle avait senti l'envie d'en faire de beaucoup d'espèces, et souvent elle avait craint de blesser, sans le vouloir, une personne du sort et de l'histoire de laquelle elle ne savait point du tout le fort ni le faible.

A peine était-elle levée qu'elle vit venir à elle Mme de Vaucourt.

«Déjeunons», dit-elle, «après cela je parlerai.» Le déjeuner fut porté au jardin, où bientôt elles restèrent absolument seules.

«Je cache mon nom», dit l'étrangère, «sous celui de *Vaucourt* : appelez-moi désormais *Constance*, qui est véritablement mon nom de baptême. Je suis née en France, mais je n'y ai pas toujours vécu : mon séjour dans un pays fort chaud n'a pas peu contribué à me rendre aussi noire que vous me voyez. Je ne vous dirai point de quel pays était mon père ni mon mari; car j'ai été mariée et je suis veuve; mais je vous avouerai qu'une très grande fortune qu'ils avaient et qu'ils m'ont laissée leur a été reprochée comme ayant été mal acquise. Ils ont su la mettre à l'abri de toute atteinte; cependant les soupçons qu'il y a eu contre eux et les persécutions qui en ont été la suite m'exposeraient, si j'étais connue, à plus d'un genre de désagrément. Un seul ami, homme aussi estimable qu'il est estimé, témoin de mes peines, confident de mes craintes, m'a aidée à me soustraire aux persécuteurs de ma famille. Je possède, sous des noms différents, des terres en Amérique et aux îles; de l'argent en Angleterre et en Hollande; des maisons à Paris, à Lisbonne, à Saint Petersbourg; et j'ai une part à plusieurs branches du commerce que se fait aux grandes Indes. Depuis un an je parcours la Pologne et l'Allemagne, cherchant un endroit où je puisse vivre ignorée et néanmoins sans ennui. J'ai trouvé plus que je ne cherchais; je reste. Je suis heureuse.»

Après un assez long silence, Émilie lui dit : «Permettez-moi de vous demander quelles idées vous vous êtes formées touchant cette fortune qui a excité de si grands soupçons?»

«Je ne sais», dit Constance. «Je penche à croire qu'elle ne fut jamais devenue si considérable si ceux qui l'ont acquise eussent été extrêmement scrupuleux; mais je suis persuadée que la jalousie les a peints bien plus coupables qu'ils n'étaient, et qu'on a blâmé en eux ce que mille autres ont fait sans en être blamés, uniquement parce qu'ils ont eu autant de bonheur que d'adresse.»

«Et n'avez-vous jamais eu la pensée d'approfondir cette affaire», dit Émilie, «et de restituer ce qui avait été illégitimement possédé?»

«Comment le restituer?» dit Constance. «Si l'on a trop gagné avec les particuliers, les lésés sont éparpillés sur toute la surface du globe. Si l'on a volé le public, pourquoi restituerais-je? Je suppose que ce fût la France, sous l'ancien ou le nouveau régime, qu'on eût volé, devais-je l'année dernière donner mon bien à Robespierre, ou cette année à ceux qui ont détruit et qui se disputent son pouvoir? Je suppose que ce fût l'Angleterre, payerai-je mon écot pour soutenir une guerre qui, dirigée contre le pays que j'aime, le pays où je suis née, désole, dévaste l'Europe entière? Donnerai-je au ministère de Madrid de quoi orner la châsse et payer le voyage de quelque relique? A l'impératrice de Russie de quoi enrichir un peu plus ses favoris? Au pape, de quoi payer plus cher de mauvais soldats et de bons chanteurs? Non : selon les lois, ma fortune est bien à moi, car les actes les plus formels me l'ont donnée. Selon l'équité, elle n'est pas moins à moi : personne n'en ferait, je l'ose dire, un meilleur usage. Je vis sans profusion, et cela par principe encore plus que par prudence. Je donne partout où je vais, je fais donner partout où j'ai du bien, mais les Français surtout, dans quelque rang qu'ils soient nés, de quelque opinion qu'ils soient les victimes, excitent dans mon cœur le plus vif intérêt; et supposé que mes parents leur aient pris quelque chose, j'ai soin de leur en payer continuellement la rente.

«Je vous étonne», continua Mme de Vaucourt, «et peu s'en faut que je ne vous éloigne de moi; mais cela passera, et je ne suis pas plus sûre de votre discrétion que de votre estime!»

«Oh pour ma discrétion...»

«J'y compte», interrompit Constance; «mais votre estime m'est due, et je l'aurai. Votre éducation vous a donné des idées spéculatives extrêmement délicates sur quantité d'objets, que vous envisageriez un peu différemment si vous aviez plus vécu le monde. Il y a des gens dont l'intérêt seul fait la morale, et que l'intérêt éclaire ou aveugle tant qu'il veut; mais ce n'est ni à vous ni à moi que cela arriverait. Cependant, permettez-moi de vous dire que l'on pourrait vous chicaner sur bien des choses que vous trouvez toutes simples, et cela parce qu'elles vous conviennent; et que vos principes s'y sont pliés peu à peu.»

«Que vouliez-vous dire?» s'écria Émilie.

«Ne voyez-vous pas», dit Constance, «qu'au château vous séduisez Théobald, inquiétez sa mère et désolez sa cousine. Il n'y a que le vieux baron qui, faute de rien voir, ne craigne rien et ne prévoie pas qu'il lui faudra recevoir pour bru une jeune étrangère expatriée.»

«Eh mon Dieu non!» dit Émilie en pâlissant, «cela n'arrivera point.»

«Cela arrivera», dit Constance.

«Vous me supposez sans délicatesse», dit Émilie; «comment pouvez-vous me montrer quelque estime et vous confier à moi si vous croyez…?»

«Je crois tout simplement que vous aimez Théobald», dit Mme de Vaucourt, «et que Théobald vous adore. Je ne vois rien là d'étonnant ni de criminel; et loin de vous exhorter à rompre l'union commencée de deux cœurs faits l'un pour l'autre, je vous conjure de donner le vôtre plus franchement, plus entièrement; de ne conserver ni réserve, ni coquetterie, ni intérêt particulier. Théobald mérite bien qu'on ne marchande pas avec lui, qu'on cesse d'être Française, puisqu'il est Allemand, comme aussi d'être fière quand il est passionné. Mais taisons-nous, le voici qui vient avec son ami. Rasserénez votre charmant visage, et essuyez des pleurs qu'on me voudrait trop de mal d'avoir fait couler.»

L'effort était trop grand pour Émilie, et voulant s'empêcher de pleurer, elle pleura encore plus. «C'est moi, c'est ma faute», s'écria Mme de Vaucourt. «Des confiances que j'ai faites à Émilie ont amené cette bourasque; mais Dieu m'est témoin que je l'aime, et que c'est parce que je l'aime que je l'ai fait pleurer.»

Nous venions prier les dames de se rendre au château, où il était arrivé du monde.

On ne put engager Émilie à y aller dîner. «J'irai», dit Constance; «je veux la débarrasser de moi pendant quelques heures, et j'espère que ce soir nous l'aurons avec

51

nous plus calme et plus aimable que vous ne l'avez encore vue.»

En un instant la toilette de Mme de Vaucourt fut faite; nous l'emmenâmes. Théobald était extrêmement inquiet et troublé.

Ce que Constance venait de faire éprouver à Émilie ressemblait si fort à ce que Joséphine lui avait fait éprouver il y avait environ trois mois, qu'elle se trouva dans la même souffrance, et que ses réflexions furent à peu près les mêmes. L'une avait des amants auxquels elle ne voulait pas renoncer, l'autre possédait un bien mal acquis qu'elle ne voulait pas rendre. L'une et l'autre lui étaient chères, l'une et l'autre lui étaient utiles, l'une et l'autre avaient mêlé le blâme aux aveux, le reproche à la justification. Aux yeux de l'une ni de l'autre elle n'était parfaitement innocente, elle qui s'était crue en droit de juger, de censurer, de montrer presque du mépris. A la vérité Mme de Vaucourt ne la jugeait pas sévèrement sur le point essentiel de sa conduite, celui auquel il aurait été le plus fâcheux de devoir changer quelque chose; mais fallait-il s'en fier absolument à un pareil casuiste, et était-il bien vrai qu'une fille sans fortune et sans patrie dût lier à elle l'héritier d'un nom et d'un bien considérables?

Son dîner lui fut apporté par Lacroix sans qu'elle eût encore changé de place. Elle y toucha à peine. Joséphine vint la presser de rentrer dans la maison pour faire sa toilette, pendant laquelle ni l'une ni l'autre n'ouvrit la bouche.

Tout à coup en se retournant elle voit Joséphine fort pâle, et les yeux fort gonflés. Elle lui demande ce qu'elle a.

«Il est douloureux», dit Joséphine «qu'ayant à vous parler sur un sujet assez triste pour moi, je vous vois si triste vous-même que je me sens obligée de me taire.»

«Parlez, parlez», s'écria Émilie; «je ne mérite pas tant de ménagements.»

«Pourquoi donc, Mademoiselle, pourquoi ne les mériteriez-vous pas, et que signifie ce discours? Vous méritez tout au monde de la part de Joséphine.»

«Eh bien, Joséphine, que je mérite ou non d'être ménagée, je ne veux pas l'être; pensons à vous et non toujours à moi. Parlez : qu'avez-vous à m'apprendre? quel bien puis-je vous faire, ou quel mal puis-je éloigner de vous?»

Joséphine fondit en larmes.

«Votre âme s'ouvre», dit-elle, «aux intérêts, aux fautes, aux faiblesses des autres : oh combien vous en devenez plus aimable! Mais je crains que ce ne soit aux dépens de votre repos. Laissez-moi vous épargner, pendant quelques jours encore, le chagrin de mes peines : peut-être les pourrai-je finir sans vous les faire partager; sinon, je vous promets de tout dire et d'implorer votre secours : en attendant je jouirai de la compassion que vous m'avez montrée.»

«Tout ce que je pourrai, je le ferai», dit Émilie en embrassant Joséphine; et elles pleurèrent ensemble comme si elles eussent été mutuellement instruites de leur secrète peine.

Vers cinq heures, Mme de Vaucourt venant chercher Émilie la trouva jouant de la harpe. C'était sa ressource que cette harpe, dans ses moments les plus mélancoliques. Toute la compagnie du château vint à leur rencontre, et Émilie pâle, pensive, abbatue, inspira à Théobald plus d'amour que jamais. Depuis ce jour, nulle querelle entr'eux. Émilie était douce et presque soumise, Théobald était aussi complaisant qu'empressé, et cette époque de leur amour, moins magiquement agréable que la première, le fut infiniment plus que la seconde.

Émilie n'oubliait pas ce que lui avait dit la triste Joséphine : elle la regardait souvent d'un air qui disait : «Joséphine, ne te conviendrait-il pas de me parler? Tu le peux; je t'écouterai; je suis prête à tout faire pour toi.» Joséphine entendait bien ce langage, et secouant légèrement la tête avec le sourire de la reconnaissance à la bouche et les pleurs dans les yeux, elle se détournait et s'en allait.

Un jour, plus malheureuse que de coutume, au lieu de ce geste négatif elle fait signe qu'elle parlera; mais elle n'en a pas la force, et elle se laisse tomber sur une chaise qui se trouve derrière elle. Des sanglots étouffent sa voix, et il semble qu'elle soit prête à suffoquer, quand Émilie coupant son lacet voit le cordon s'échapper comme un ressort subitement détendu, et son corset s'ouvrir du bas jusqu'au haut avec violence. Alors la voix lui revient; elle parle, pleure, crie. Constance l'entend, accourt, et les deux dames s'empressent de la secourir.

«Qu'est-ce?» dit Émilie; «qu'est-ce donc que vous avez, ma chère Joséphine?»

«Eh mon Dieu! ne le voyez-vous pas?» dit Joséphine. «Est-ce à force d'indifférence ou à force de décence que vous ne voyez rien?» Puis portant la main d'Émilie sur elle : «A présent, dites, ignorez-vous encore ce que c'est? Mon Dieu! cette harpe, cette fête de saint Sigismond, ou plutôt le jour et la nuit qui la précédèrent, que ne puis-je les ôter de ma vie!»

«Que veut-elle dire?» dit Mme de Vaucourt.

«On vint la nuit dans ma chambre» dit Joséphine; «un jeune homme, c'était ce même Henri que vous voyez venir si rarement, lentement, pesamment ici, se glissa auprès de moi comme un serpent. Quelqu'un l'entendit et ne vint pas le chasser. Au reste, qu'importe! Ce qui ne serait pas arrivé cette fois-là, serait sans doute arrivé une autre fois. Dieu me garde d'accuser quelqu'un que j'aime plus que tous les Henri, je dirais, et plus que moi-même, si je pensais qu'on voulût le croire, comme cela est.»

Émilie, qui avait toujours sa main sur le sein de Joséphine, le pressa avec tendresse, et ses larmes, tombant sur le visage de cette malheureuse fille, se mêlaient à celles qu'elle répandait.

«C'est donc de ce temps que vous datez votre grossesse?» dit Mme de Vaucourt.

«Oui», dit Joséphine. «J'ai dit mon état à Henri lorsque la chose a été trop sûre, ne doutant pas qu'il ne consentît tout de suite à m'épouser; mais cet ingrat, ce méchant homme a prétendu... que sais-je! N'a-t-il pas dit entre autres que je m'étais trop coiffée de M. Lacroix? Oh le beau propos à tenir quand on a fait plus de chemin en quelques jours que M. Lacroix en je ne sais combien de semaines, et qu'il en est arrivé une telle honte, un tel malheur qu'il faut que je meure s'ils ne sont pas réparés. Oh, Mademoiselle! je n'ai pu le convaincre de mon honnêteté, je n'ai pu l'obliger à m'épouser; mais vous lui parlerez, vous le persuaderez : il le faut absolument. Où irais-je, loin de vous? Quand je pourrais me résoudre à vous quitter, où irais-je? Pourrais-je rentrer dans ma patrie, dont vos parents m'ont fait sortir? Il faut que je reste ici, et c'est bien assez d'y vivre étrangère, je ne pourrais y vivre déshonorée.»

Émilie gardait le silence.

«Peut-être», dit Mme de Vaucourt, «qu'avec un peu d'argent je persuaderai ce jeune homme.»

«Non, Madame», dit Joséphine, «l'argent ne le tenterait pas; il ne manque de rien auprès de son maître, et d'ailleurs je ne pourrais souffrir qu'il se vendît à vous; je ne pourrais souffrir de vivre avec lui si on l'avait acheté. Il faut qu'il m'épouse par amitié ou du moins par pitié. C'est ma maîtresse qui doit parler pour moi; c'est elle qui connaît le bon cœur de Joséphine, et qui doit inspirer de la compassion à Henri pour Joséphine.»

«Oh!» dit Émilie, «s'il ne s'agissait que du bon cœur, que de bien n'aurais-je pas à dire de toi? Mais après tout ce que tu m'as dit, comment nier...?»

«Oh, Mademoiselle! il ne s'agit pas de ce que vous pensez. Henri n'en demande pas tant. Aurais-je tenté de lui en faire beaucoup accroire là-dessus? Mais M. Lacroix le tarabuste; je ne puis le lui ôter de la tête.»

«Se trompe-t-il tout à fait sur Lacroix?» dit Émilie. «Moi-même je l'avoue, j'ai cru que tu étais fort bien avec lui.»

«Eh qu'importe, Mademoiselle? Puis-je épouser M. Lacroix avec cet enfant dont Henri est le père? Il n'est question ici que d'une seule chose, c'est d'ôter tout soupçon à Henri pour qu'il m'épouse le plus tôt possible, et avant que tout le village ne me montre au doigt.»

«Mais, ma chère Joséphine, trahirai-je la vérité, moi qui n'ai jamais affirmé que ce dont j'étais ou me croyais assurée? Abandonnerai-je en un instant des principes et des habitudes sur lesquelles je fonde tout ce que je puis avoir d'estime pour moi-même...»

Ici Joséphine repousse la main d'Émilie, et la regardant d'un œil sec et fixe, elle se lève, s'avance jusqu'à la porte et se retournant : «C'est fort bien, Mademoiselle, abandonnez et trahissez Joséphine plutôt que des mots, des grands mots, la *verité*, vos *principes*, vos *habitudes*, et quand je serai morte, estimez-vous encore si vous pouvez...»

En même temps elle sort; Émilie court après elle, la saisit par le corps, la serre, l'embrasse, la ramène.

«Joséphine, répondez-moi comme vous répondriez à Dieu : si Henri vous épouse, lui serez-vous fidèle?»

«Je le jure», dit Joséphine; «j'ai refusé dans un autre temps de vous faire une promesse que je savais ne pouvoir pas tenir; celle-ci je la fais, parce que je veux la tenir, je la tiendrai.»

«Eh bien», dit Émilie, «je vais envoyer chercher Henri par son vieux père : restez auprès de Madame; je reviendrai avec Henri.»

«Un moment», dit Mme de Vaucourt; «il ne faut pas qu'elle reste seule, j'ai un mot à dire chez moi; je reviens à l'instant; alors vous irez.»

Pendant que Mme de Vaucourt les laissa seules, Joséphine et Émilie s'abandonnèrent à un attendrissement qui avait ses charmes.

«Qu'allais-tu faire tout à l'heure», dit Émilie, «quand tu as voulu sortir?»

«Prendre un fusil que Henri avait chargé pour tuer des oiseaux, et m'en tuer.»

«Quoi, Joséphine!...»

«Rien n'est plus vrai, Mademoiselle. Mécontente de Henri et de vous, sans espoir d'aucun bonheur pour mon enfant, pouvais-je mieux faire que de cesser de vivre, et de prévenir que mon enfant ne vécût?»

«Mais, Joséphine, ta dévotion ne se révoltait-elle pas contre une pareille pensée?»

«Ma dévotion, Mademoiselle, ne s'est jamais beaucoup occupée de ces sortes de choses. J'ai bien oui dire qu'il n'était pas permis de se tuer, mais j'ai cru que c'était un conte. On envoie tant d'hommes à la guerre, uniquement pour tuer et être tués, sans que cela soit reproché aux princes, aux généraux, aux recruteurs : ne serait-il pas singulier qu'on eût des droits sur toutes les vies hors sur la sienne?»

«Sans oser condamner le malheureux qui s'ôte la vie», dit Émilie avec gravité, «j'estime bien plus celui qui la supporte; il montre plus de respect et de soumission pour son Créateur.»

«Oh bien!» dit Joséphine, «je ne me tuerai pas; je ne voudrais pas contrarier vos idées. Rendez-moi un peu de bonheur, et je ne me tuerai pas. Déjà cette conversation me fait quelque bien, mais j'étais au désespoir quand je vous voyais toute occupée de vous et d'un certain mérite que vous voulez avoir, et avec lequel vous laisseriez tranquillement souffrir tout le monde.»

«Tranquillement! Ah, Joséphine! tu me fais tort. Je suis jeune, Joséphine; en perdant mes parents j'ai vu qu'il ne me restait d'autre patrimoine que l'éducation qu'ils m'avaient donnée : elle était stricte et ne m'avait pas permis de croire qu'on pût dévier en rien du devoir. Être sage, être vraie, ne posséder que ce qui est bien à soi, voilà ce qu'on m'a recommandé depuis que je suis au monde. Est-il bien étonnant que j'aie quelque peine

à prendre sur tous ces objets des idées plus relâchées?
Cependant je cède, Joséphine; mes répugnances cèdent
les unes après les autres à l'amitié, à la reconnaissance.
Cette condescendance m'ôtera peut-être peu à peu toute
l'estime que j'avais pour moi : n'importe; il ne doit pas
être question de moi quand il s'agit d'empêcher le malheur des autres, et de vous surtout, Joséphine, qui êtes la
personne du monde à qui je dois le plus.»

Elles en étaient là quand Mme de Vaucourt revint.
Émilie se leva et sortit, et après avoir parlé au père de
Henri, elle alla respirer un instant le grand air. Ses esprits
étonnés avaient besoin de se remettre et de se préparer
au rôle qu'elle avait à jouer, rôle bien étrange pour elle.

Bientôt on la rappela. Le père d'Henri n'était pas allé
jusqu'au château; il avait rencontré son fils qui apportait
un billet d'invitation pour les deux dames.

«Suivez-moi», dit Émilie à Henri. Henri la suit. Émilie
ouvre la porte de sa chambre et lui montre Joséphine,
qui fatiguée de tout ce qu'elle venait de dire, d'entendre,
d'éprouver, n'avait presque ni voix ni mouvement.

«Vous voyez l'état où elle est», dit Émilie; «vous voyez
sa pâleur, vous voyez ses yeux et combien ils ont pleuré.
Est-il croyable que vous ne veuillez pas réparer son malheur et donner un père et un appui à votre enfant?»

«Oh, je ne nie pas qu'il ne soit mon enfant, Mademoiselle; mais...»

«C'est assez, Henri, pour qu'il ne faille pas l'abandonner, non plus que sa mère que vous avez aimée et qui vous a aimé, et son malheur n'est venu que de là.»

«Il y a aimer et aimer, Mademoiselle. Si le malheur n'était pas venu de m'avoir aimé, il aurait pu venir d'en aimer un autre. Cet aimer-là n'est pas rare, et je n'en puis faire beaucoup de cas. C'est vous, Mademoiselle, qu'elle aime véritablement : elle a toujours mis ses soins à vous servir, à vous plaire. Quant à me contenter moi, cela allait comme il pouvait. Si elle m'eût aimé tout de bon, aurait-elle eu tant de prévenances pour M. Lacroix? Je lui ai dit plusiers fois, 'Joséphine, laissez là votre Français; je ne m'accommode pas de ses manières avec vous. Quand je puise l'eau, et scie le bois, et trais la chèvre pour vous, cela doit vous suffire. S'il fait des pralines et des pâtés, qu'il les fasse sans vous; et vous, faites le reste de l'ouvrage sans lui.' Cela n'a servi de rien. Elle n'a tenu compte de ce que je disais, jusqu'à ce que, ma foi! elle se soit vue chargée d'un fardeau qu'elle ne peut mettre sur les épaules de M. Lacroix, quelque complaisance qu'il lui ait montrée et qu'il lui montre encore, laquelle complaisance continue à être très agréable à Joséphine.»

«Vous m'étonnez beaucoup», dit Mme de Vaucourt.

«Joséphine n'aura pu empêcher Lacroix de lui rendre quelques services», dit Émilie; «mais qu'est-ce que cela prouve? Rien au monde dont vous deviez vous offenser; et je suis bien sûre qu'une fois qu'elle vous aura pour mari et pour protecteur, elle ne pensera à aucun autre homme; ses serments et sa reconnaissance vous l'attacheront pour jamais. Elle vous aimera non seulement comme elle vous a aimé quand elle voyait en vous un beau jeune homme fort amoureux, elle vous aimera comme elle m'a aimée, moi : elle partagera ses soins entre vous, son enfant et moi. Ma portion sera encore assez bonne, car elle a le cœur excellent et tant d'adresse et d'activité! Allons, M. Henri, ne refusez pas de vous laisser rendre heureux par ma Joséphine.»

«Heureux, Mademoiselle! Et si je suis jaloux, serai-je heureux? Et si M. Lacroix… comment dirai-je cela honnêtement? Serai-je heureux?»

«Joséphine vous sera fidèle, c'est moi qui vous en reponds», dit Émilie.

«Je ne sais», dit Constance, «pourquoi Lacroix vous inquiète si fort : Lacroix se marie.»

«Est-il vrai?» dit Henri.

«Très vrai», dit Mme de Vaucourt, «à telles enseignes que j'ai promis de payer les frais de la noce.»

Joséphine, qui vit alors pourquoi Mme de Vaucourt était sortie, sourit un peu.

«Et avec qui, s'il vous plaît?» dit Henri. «M. Lacroix se marie-t-il?»

«Je n'ai pas retenu le nom de la future épouse», dit Mme de Vaucourt. «Je ne sais si c'est une petite fille que je vois venir ici quelquefois apportant le gibier que tue son père, ou bien la fille du ferblantier; ce pourrait même n'être ni l'une ni l'autre : les noms de vos familles alle-mandes se confondent dans ma mémoire. Ne parlez de rien, M. Henri, jusqu'à tantôt; je ne voudrais compromettre personne; mais dans une heure, au plus tard, je vous dirai positivement le nom de la fille. En attendant soyez sûr que Lacroix se marie au premier jour, et c'est, je crois, tout ce qui vous importe.»

«Certainement», dit Émilie; «et vous ne pouvez plus vous refuser à ce que Joséphine et moi vous demandons.»

«Mademoiselle», dit Henri, «il y a des choses qu'on ne fait pas par complaisance.»

«Ne les fait-on pas non plus par honneur, par pitié, M. Henri?» dit Émilie en haussant la voix. «M. Henri, c'est assez vous presser; vous êtes le maître.»

«Grand Dieu!» s'écria Joséphine.

«Vous êtes le maître», répéta Émilie, en imposant silence à Joséphine du geste et du regard. «Je ne puis vous forcer à ce mariage; mais je puis délivrer cette pauvre fille du supplice de voir un homme cruel qui l'abandonne après l'avoir déshonorée. Si vous ne promettez pas à l'instant de l'épouser, sortez de chez moi, et allez dire à vos maîtres que je ne puis aller au château, parce que je fais les préparatifs de mon départ. Après-demain, M. Henri, on ne verra plus à Altendorf ni Émilie ni Joséphine.»

Joséphine prit la main de sa maîtresse et l'inonda de ses larmes. Mme de Vaucourt pleurait.

«Nous gagnerons notre vie et celle de ton enfant», dit Émilie; «tu ne saurais regretter un homme si dur, si inhumain.»

«Vous et mon maître vous ne vous verriez donc plus!» dit Henri, d'une voix qui décélait son attendrissement. «Non, cela ne se doit pas; celle à qui vous voudriez faire un si grand sacrifice doit mériter beaucoup, et il faut bien que je fasse aussi quelque chose. Mon maître, elle, vous, voilà trois personnes dont j'aurais le malheur à me reprocher! C'est trop. Tiens», dit-il, en s'approchant lentement de Joséphine, «tiens, voilà ma main. Si M. Lacroix se marie, peut-être te contait-il son amour pour Mathilde ou pour Thérèse, au lieu de t'en conter comme je l'ai cru. Ma main d'ailleurs est donnée; il ne faut plus regarder en arrière.»

Joséphine, hors d'en état de répondre, serra la main d'Henri, baisa celle de sa maîtresse, et courut dans sa chambre pour y pleurer et remercier Dieu en liberté.

Mme de Vaucourt pria Henri de passer avec elle chez son père et sa mère, à qui elle apprit le mariage qui venait de se conclure. Comme elle crut voir qu'ils étaient plus surpris que réjouis, elle répandit sur la table quelques poignées de ce métal qui éblouit tant d'yeux : «Tenez», dit-elle, «voilà la dot de Joséphine, prenez-la et n'en parlez point.» En même temps elle les quitta et courut trouver Lacroix, qui venait d'être déterminé par un argument tout pareil à épouser soit Mathilde, soit Thérèse, soit telle autre jeune fille qu'il voudrait choisir. Avec les talents, la figure et l'argent qu'il avait, il aurait pu épouser tout le village.

«Etes-vous décidé?» dit Mme de Vaucourt.

«Oui», dit Lacroix; «je suis allé chez notre plus proche voisine; c'était autant de pas d'épargnés, et puisqu'il me faut éspouser une Allemande, autant vaut l'une que l'autre. Je pense même que cette petite Mathilde sera plus susceptible que bien d'autres de prendre une certaine tournure.»

«Et avez-vous parlé au père, à la mère, à la fille?»

«Oui, Madame; tout cela était ensemble. Je leur ai baragouiné quelques mots d'allemand : 'Man, Fro, hérat.'[17] Le père et la mère ont crié, 'Herr Gott! ja! ja!' La fille a souri et rougi : c'est une chose faite.»

«C'est fort bien, Lacroix; je ferai ce que j'ai promis et au-delà. Où en est Hans de ses blessures?»

«Madame, sa jambe et son bras sont parfaitement guéris, et il n'a plus qu'un bandeau sur l'œil droit, et un grand emplâtre sur la joue gauche.»

«C'est fort bien, Lacroix; allez lui dire que je le prends à mon service, et qu'il vienne dès ce soir coucher ici.»

«J'irai, Madame.»

«Quant à vous, Lacroix, vous pourrez être logé chez votre beau-père après votre mariage. Le jour vous serez

---

[17]Ces mots ressemblent aux mots allemands, «Mann, Frau, Heirat», qui signifient «homme, femme, mariage.»

chez moi, et il ne tiendra qu'à vous d'y mener votre femme; mais allez chercher Hans.»

«J'irai, Madame : il ne fera pas d'ombrage, j'éspère, à M. Henri.»

«Ni à vous, Lacroix.»

«Oh moi, Madame, cela est différent! Nous autre Français nous ne sommes pas si susceptibles. Supposé que Mme Lacroix préférât Hans à son mari, comme cela pourrait arriver, par la raison de la sympathie nationale qui me parlait pour Joséphine, c'est son affaire, et je ne ferai que plaindre son mauvais goût.»

«Vous êtes homme d'esprit, M. Lacroix, et de plus très honnête homme. Je m'attends de votre part à la conduite la plus raisonnable.»

«Madame est bien bonne; si j'osais, je dirais que c'est elle qui a bien de l'esprit : elle connaît ses gens; c'est tout autre chose que ces dames allemandes, elles n'auraient pas imaginé en vingt ans ce que Madame a arrangé en un quart d'heure.»

Mme de Vaucourt sourit, revint rendre compte à Joséphine du mariage de Lacroix, et engagea Émilie à se rendre à l'invitation de M. d'Altendorf.

Elles rencontrèrent Théobald qui était fort en peine de ne point voir revenir Henri. Constance lui raconta ce qui s'était passé; pour Émilie, elle en était si étourdie qu'elle ne pouvait parler. Théobald fatiguait Mme de Vaucourt de ses questions. Il se faisait répéter tout ce qui s'était dit, et voulait être informé de chaque mot avec l'accent et le geste.

«Croyez-vous», disait-il, «qu'Émilie eût pu se résoudre à quitter Altendorf?»

«Oh non!» repondait Mme de Vaucourt. «Au reste, peut-être; je ne sais. Elle prévoyait apparemment l'effet que produirait cette fleur de rhétorique. L'esprit d'Émilie se forme, se perfectionne extrêmement.»

«Puisse», disait Théobald, «son cœur ne pas se gâter!».

Mme de Vaucourt l'assura qu'il n'y avait rien à craindre de ce côté-là, et qu'elle avait trop bien placé ses affections pour n'être pas toujours la plus estimable personne du monde, en même temps qu'elle en devenait la plus aimable.

«L'innocence est une fort belle chose», ajouta-t-elle; «mais ce n'est pourtant qu'une vertu négative, elle n'offre aucune ressource pour les occasions difficiles; elle n'amuse ni ne console, elle ne donne ni conseil ni secours.»

Les jours suivants on s'occupa à faire les préparatifs des deux mariages. Joséphine s'en mêlait peu : elle ne quittait sa maîtresse que pour aller auprès de ses futurs parents, dont elle gagna le cœur par mille prévenances. Avec sa maîtresse, ses empressements étaient plus vifs et plus tendres qu'ils n'avaient jamais été.

«Croyez», lui disait-elle souvent, «que je sens jusqu'au fond de l'âme ce que vous avez fait pour moi.»

Un jour elle dit, «Il ne faut pas penser, Mademoiselle, que je ne respecte pas ces vertus dont j'ai mal parlé dans un moment de désespoir : si vous vous estimez par elles, moi aussi, et je suis bien aise que vous les ayez. Chacun a une vertu à sa manière : la mienne est de tout faire pour vous. Je me suis vouée à vous. Je ferais un faux serment pour vous épargner le moindre mal, comme je mourrais pour vous conserver la vie. Il m'a semblé, quand vos parents sont morts, que Dieu me disait : 'Elle n'a plus que toi; prends-en soin, et fais tout pour elle.' Mais j'aime votre candeur, et même sans trop savoir à quoi elle était bonne, je me suis surprise à la trouver fort belle. Aller tout droit son chemin dans ses actions et dans ses paroles sans s'embarrasser de ce qui en peut arriver, a je ne sais quoi que je respecte, et je crois que c'est la vertu des gens de qualité. Toutefois ils ne doivent pas la pousser trop loin. S'il leur plaît de ne rien craindre pour eux, à la bonne heure, c'est du courage; mais s'ils ne se mettent en peine de rien pour les autres, c'est dureté. Mon intention est de vous imiter à un certain point, d'abord pour vous plaire davantage et être plus digne de vivre avec vous, puis aussi parce que je trouve que c'est mieux, surtout dans l'état où je vais entrer. Je suis bien résolue à ne point dissimuler avec mon mari, et pour cela à ne rien faire qu'il faille dissimuler. Si je reçois un billet, je le rendrai sans le lire; si l'on me donne un ruban, je le rendrai sans le déplier; et s'il s'agissait de quelque discours galant, je repousserais vigoureusement le cajoleur : car recevoir, lire, écouter ces choses-là, puis le dire à un mari c'est très imprudent pour soi et très désagréable pour lui; et quand on les tait, quand on dissimule, le mari et la femme, ou les amants, ou les amis, n'importe ce qu'on est, se deviennent comme des étrangers et n'ont bientôt plus rien à se dire. Au reste, Mademoiselle, j'aurai beau faire, notre union ne battra jamais que d'une aile; mais j'ai voulu vous dire mes bonnes intentions et que votre exemple n'est pas perdu pour moi.»

Émilie la loua et tâcha de lui donner de l'espoir.

Le jour de la célébration des deux mariages étant venu, Mme de Vaucourt fit préparer un grand repas qu'on lui permit de donner dans la cour du château. Tous les parents de Henri, tous ceux de Mathilde y étaient. Lacroix en fit les honneurs avec assurance et politesse; Joséphine s'y montra obligeante et modeste. Pendant le brouhaha du dîner, des santés, des bouteilles, on avait préparé vis-à-vis du château un feu d'artifice. La table et les convives cachaient ceux qui y travaillaient, de sorte que la nuit venue, ce fut une grande surprise pour toute la compagnie rassemblée au château de voir brûler quantité de soleils, de gerbes, de girandoles,[18] et quantité de fusées s'élancer dans les airs. Au bout d'un quart d'heure, il ne resta de ce brillant tintamarre qu'un portique illuminé, décoré du chiffre de M. et de Mme d'Altendorf, et deux rangées de lampions

---

[18]Des variétés de feux d'artifice.

qui, bordant l'avenue et traversant le grand chemin, s'étendaient jusqu'aux habitations des deux épouses. Les parents, les époux, tous les villageois accourus pour voir le feu d'artifice, prirent le chemin qui leur était tracé. Lacroix resta au village; Henri revint, disant que depuis l'âge de dix ans il n'avait pas découché de l'antichambre de son maître. (Henri ne se rappelait pas la veille de saint Sigismond.)

Émilie et Constance soupèrent au château. Mme d'Altendorf et son fils dirent à cette dernière les choses les plus obligeantes sur la fête et le bon goût qui y avait présidé. Ce mot de *bon goût* amena une petite discussion sur le goût que Théobald prétendait n'être point du tout l'appanage de ses compatriotes. La Comtesse Sophie de Stolzheim se récria, ainsi fit le vieux Baron d'Altendorf. On voulut me prendre pour juge; je m'en défendis, alléguant la partialité dont on pouvait me soupçonner, et dont peut-être, en effet, je n'avais pu entièrement me garantir. On insista. Alors je dis que le goût me paraissait être né à Athènes d'où il avait été porté à Rome lors de la conquête de la Grèce. Qu'oublié, presque partout, pendant un temps assez long, il s'était remontré chez les Maures qui en avaient fait part à l'Espagne, ensuite à l'Italie, et que les deux Médicis l'avaient apporté en France. Qu'en Italie il s'était attaché aux peintres, aux musiciens, aux architectes, au lieu qu'en France il avait tourné au profit de l'esprit, des ouvrages d'esprit, et avait rendu la vie privée plus agréable et l'individu plus aimable.

«Laissons là quelques exceptions», continuai-je, en m'adressant aux deux Françaises, «et avouons que nous manquons de goût et sommes mesquins dans les ouvrages de l'art qui ont le public pour objet, dans ceux qui demandent unité, grandeur, dignité. Mais ce n'est pas là que notre mauvais goût m'a le plus choqué. Notre prétendue gaieté du carnaval était digne des temps barbares; nos masques faisaient pitié et horreur. Après tout, quel peuple n'a pas son carnaval et ses orgies hideuses, sans compter des spectacles aussi cruels que dégoûtants? En Angleterre, les combats de coqs, les combats de chiens, les combats d'hommes presque brutes, dont la tête s'est durcie par les coups et pour les coups; en Espagne, les *auto-da-fé* et les combats des taureaux; à Berne, la procession de Pâques… Si l'Europe est tout à l'heure replongée dans la barbarie, comme on a lieu de le craindre, ce malheur lui arrivera avant que sa civilisation ait été nulle part complète et entière.»

«Vous avez évité de parler de l'Allemagne», me dit Mme d'Altendorf.

«Croyez, Madame», lui dis-je, «que ce n'est pas chez vous qu'on peut penser que l'esprit, le goût, la générosité, que rien enfin de ce qui est agréable et beau, manque aux Allemands ni à l'Allemagne.» Chacun me remercia par un coup-d'œil ou un sourire; et comme il était tard, Émilie et Constance se retirèrent sous la garde de Hans le balafré.

L'on se tromperait si l'on croyait que Théobald oubliât un seul instant son amour, qu'il perdît de vue un seul instant l'espoir, le dessein, de s'unir à ce qu'il aimait; mais quand il était parfaitement content d'Émilie, il était si heureux qu'il n'osait pour ainsi dire toucher à son bonheur; et quand il n'était pas si content, il avait une autre espèce de crainte. Théobald aimait avec la plus vive et la plus délicate passion. Dans les commencements, il avait tantôt redouté beaucoup, tantôt espéré tout, du cœur de sa maîtresse, sans s'être refroidi pour elle un seul instant; et depuis quelque temps, avec autant d'amour que jamais, il avait eu plus de sécurité. Actuellement ce n'était plus cela : la conduite d'Émilie dans l'aventure de Joséphine lui présentait ensemble des motifs d'admiration et des motifs d'une défiance qu'il combattait et qu'il nourrissait en même temps. N'avait-elle point trop pressé Henri, sachant quelle fille était Joséphine? Mme de Vaucourt, en imaginant tout à coup de marier Lacroix, avait épargné à Émilie des mensonges directs et positifs; mais Émilie néanmoins avait concouru à tromper Henri, et elle serait allée plus loin s'il l'eût fallu, car elle était résolue de réussir à tout prix. Et cette fleur de rhétorique, comme l'avait appelée Mme de Vaucourt, quelle dangereuse présence d'esprit ne supposait-elle pas! Mais si véritablement elle était décidée à quitter Altendorf, si à cet égard sa déclaration avait été sincère, il ne fallait plus se croire aimé, et c'était à Henri qu'il devait le bonheur de voir encore Émilie.

«Oh, Émilie!» disait-il quelquefois en se promenant seul dans des lieux sauvages et solitaires, «quand tu te montrais si attentive à ce que disait Théobald, quand tes regards suivaient ses moindres mouvements, n'était-ce de ta part que feinte, adresse, artifice? Ne voulais-tu qu'enlacer un malheureux dans tes filets? Tu ne m'as point dit que tu m'aimais, mais tu ne m'en a pas moins trompé. Peut-être que ton cœur, que je croyais sincère et pur comme le mien, est faux et perfide.»

Le pauvre Théobald était si inquiet, avait l'air si tourmenté, qu'Émilie s'imagina que ses parents le pressaient d'épouser sa cousine, et elle disait à Constance qu'il faudrait peut-être faire pour lui ce qu'elle aurait fait pour Joséphine, et s'éloigner d'Altendorf.

«Dieu sait ce qu'il m'en coûterait!» disait-elle en soupirant; «mais si mon éloignement rendait moins pénible à Théobald le sacrifice que sans doute on exige, il ne me serait pas permis d'hésiter.»

«Bon!» disait Mme de Vaucourt. «Supposé que Théobald fût capable de se laisser donner pour femme cette petite envieuse, il faudrait vous remontrer tous les jours à eux, jusqu'à ce que la tête eût tourné à l'un de regret et à l'autre de la jalousie; mais j'attends tout autre chose de sa part.»

Attentif autant que personne au noir souci de Théobald, je crus en deviner la cause, et plusieurs fois, en présence d'Émilie, je fis tomber la conversation sur des sujets analogues aux pensées qui le tourmentaient; mais Émilie n'en saisissait jamais l'occasion, n'imaginant point qu'elle eût à se justifier ni à rassurer son amant. Enfin je dis à Théobald : «Vous voyez qu'elle n'est pas aussi fine ni aussi adroite que peut-être vous le craignez.»

«Que voulez-vous dire?» me dit-il en rougissant, car jamais il n'avait laissé échapper la moindre plainte ni le moindre soupçon contre sa maîtresse. Je lui détaillai alors ses propres idées, et je le conjurai de mettre Émilie sur la voie pour qu'elle s'expliquât nettement.

C'est ce que fit Théobald et avec succès. Émilie raconta naïvement ses premières notions de vertu, puis les modifications qu'elle s'était vu forcée d'y faire. Honnêteté, franchise, sensibilité, délicatesse, tout ce qu'on désire de trouver au cœur d'une femme, se voyait dans le cœur dont elle nous développait les replis. Théobald, sans la blâmer, sans même lui laisser apercevoir qu'il l'eût accusée, se montrait l'admirateur d'une vertu plus sévère, plus inflexible.

«Monsieur votre fils», dit Constance à Mme d'Altendorf, «est-il lui-même ce qu'il veut que soient les autres? Si cela est, je ne dis pas que je l'en aime mieux; mais au moins pourrai-je lui pardonner son exigeante rigueur.»

«Comment vous répondre?» dit Mme d'Altendorf. «En supposant que mon fils ne courbe jamais la règle, mais que dans certains moments il la méconnaisse, la brise, la jette loin de lui, est-il ou n'est-il pas ce qu'il veut que l'on soit?»

«Quand la passion aveugle égare», dit Théobald en baissant les yeux, «qu'est-ce que l'on est? On cesse d'être soi-même.»

«Quoi, Monsieur!» dit Constance, «vos passions vous maîtrisent à ce point! Cela est bien redoutable.»

Théobald, d'accusateur devenu accusé, se sentit plus doux comme plus modeste, et fut reconnaissant à l'excès du silence qu'Émilie voulut bien garder.

Ayant fait en sorte de l'éloigner un peu des autres dames, il lui dit avec embarras : «On me pardonnera du moins d'être exigeant sur ce qui me regarde... Aimerais-je comme je fais, si je pouvais être facile à contenter sur tous les sentiments de l'objet de ma passion?... Vous avez dit à Henri que vous quitteriez Altendorf s'il n'épousait pas Joséphine. Le pensiez-vous? L'aviez-vous résolu? L'auriez-vous fait?»

«Quand je commençai à le dire», répondit Émilie, «je ne voulais qu'essayer un nouveau moyen de toucher Henri; mais en parlant je m'exaltai de bonne foi, et lorsque je dis à Joséphine : 'Nous gagnerons notre vie et celle de ton enfant', j'étais résolue, je quittais Altendorf.»

«Vous quittiez Altendorf!» dit tristement Théobald.

«Je n'ai rien, Monsieur», reprit Émilie, «je suis pauvre et expatriée, je n'ai point d'autres sacrifices à faire que ceux de mes goûts et de mon plaisir. Laissez-moi quelque générosité de cœur, de conduite; je n'en puis avoir d'autre. Le sacrifice que j'aurais fait à Joséphine, je le ferais à Mme de Vaucourt, je le ferais à vous, s'il le fallait.»

«À moi!» s'écria Théobald. «C'est moi, au contraire, que vous sacrifieriez. Vous êtes libérale[19] de moi, de moi seul.»

«Ces jours derniers», dit Émilie, «je pensais, en vous voyant inquiet et triste, qu'il pouvait vous être agréable, ou plutôt qu'il pouvait vous convenir, que je m'éloignasse.»

«Vous vous trompiez, Mademoiselle», s'écria Théobald, «vous vous trompiez!»

«Ah! tant mieux», dit Émilie. Je la vis, je lui entendis prononcer ces paroles. Quels yeux! quel accent! quel doux son de voix! Théobald était hors de lui. Émilie s'en alla sans qu'il la suivît. Il ne voyait rien, il délirait, il nous regardait tous avec des yeux absents, égarés. Sa mère lui dit : «Je vous ferai le plaisir d'avouer que je m'attache beaucoup à elle.»

Aussitôt qu'il fut en état de m'entendre, je le conjurai de se modérer, d'attendre une occasion favorable pour proposer à son père cette bru qui ne pouvait pas lui convenir beaucoup, mais que cependant il accepterait.

«Encore un peu de sagesse et de contrainte», lui dis-je, «et j'ose vous promettre que vous serez heureux; mais un emportement tel que ceux dont parle Madame votre mère gâterait tout, et plongerait dans la douleur non seulement vous, mais Émilie.»

«Oui, Émilie aussi!» s'écria Théobald. «Son sort est lié au mien irrévocablement : vous en êtes bien sûr, n'est-il pas vrai? vous en êtes bien sûr?»

---

[19]C'est à dire, généreuse.

«Oui», lui dis-je, «oui.» Il fallut le répéter cent fois. À la fin il me promit d'être raisonnable.

On entrait dans le mois d'octobre; Mme de Vaucourt, plus sensible au froid qu'une autre, à cause du long séjour qu'elle avait fait dans les pays méridionaux, se sentit assez incommodée de la fraîcheur de l'air un jour qu'elle avait dîné au château, et retourna chez elle avec moi, mais sans permettre qu'Émilie l'accompagnât. On avait apporté en son absence un paquet qui contenait deux ouvrages nouveaux. Nous gardâmes l'un pour le lire ensemble au coin de son feu; elle envoya l'autre à Émilie. C'était une nouveauté charmante, c'était l'*Adèle de Senanges* de Madame de Flahaut,[20] que tout le monde a lue, que tout le monde a admirée, si ce n'est pourtant le vieux Baron d'Altendorf. Émilie en lut haut le premier volume, sans s'apercevoir de l'ennui du baron. Théobald allait commencer le second, quand son père, las de bâiller, se retira dans sa chambre, où sa femme le suivit par complaisance et à regret. Restait Émilie, Théobald et la jeune comtesse.

On en était à cette fête où, sans le savoir, Adèle, légère, étourdie, innocemment coquette, désolait le pauvre Sydenham. Théobald trépignait, se fâchait, jurait presque, et finit par jeter le livre dans le feu. Adroite et prompte, Émilie le dérobe aux flammes qui le menaçaient.

---

[20]*Adèle de Senanges*, roman de la comtesse de Flahaut (1761–1836), paru en 1794.

«Quelle extravagance!» dit la comtesse. «Ce que vous lisez n'est-il pas extrêmement joli?»

«Joli!» s'écria Théobald, «joli! C'est effroyable, c'est désolant. Mais, donnez; voyons ce que cela deviendra, et si l'amant... donnez, il vaut mieux lire; cela me calmera peut-être.» Il lut jusqu'à la fin sans dire un seul mot et resta frappé de la dernière ligne : «Je ne puis vivre heureux sans elle ni avec elle.»

Pendant que la comtesse adressait quelques réflexions à Émilie, tant sur l'ouvrage que sur l'étrange humeur de son cousin, celui-ci va trouver la femme de chambre de sa mère, qui avait été sa nourrice et sa bonne, et la prie instamment d'attirer la jeune comtesse hors de la chambre, pour qu'il pût être quelques instants seul avec Émilie. Mme Hotz, enchantée de rendre un service à son jeune maître, le promet. Il rentre. Quelle n'est pas son impatience! Mme Hotz paraît enfin, et dit à Mlle de Stolzheim qu'une caisse d'étoffes d'automne et d'hiver venait d'arriver de Francfort pour elle et pour Mme d'Altendorf, et qu'il fallait venir voir et choisir.

«Demain, de jour, nous verrons mieux», dit la soupçonneuse Sophie. Mme Hotz insiste, disant qu'il serait mieux de renvoyer tout de suite ce qu'on ne voudrait pas garder.

«Vous avez raison», dit la comtesse après avoir réfléchi un moment, «montons chez ma cousine» : mais elle n'y monta point, comme nous le verrons bientôt, et Mme Hotz qui avait fait porter la caisse dans la chambre de

Mme d'Altendorf, fut appelée avec impatience pour présider à l'ouverture et au déballement.

«Je ne puis pas vivre heureux sans vous», dit Théobald dès qu'il se vit seul avec Émilie : «mais avec vous je serai le plus fortuné des hommes, pourvu que vous vous trouviez heureuse de vivre avec moi.»

Émilie rougit et ne répondit point.

«Avez-vous senti, Émilie, quelque penchant pour moi dès la première fois que vous m'avez vu?»

«Oui», répondit Émilie.

«Nos anciennes petites querelles n'ont-elles pas altéré ce penchant?»

«Non», répondit Émilie.

«Ai-je le jour occupé vos pensées? Ai-je été la nuit l'objet de vos songes?»

Émilie sourit, et dit qu'elle n'était pas sujette à rêver.

«Oh, Émilie! vous n'avez pas été comme moi dans de continuelles agitations. Tantôt je me flattais d'être aimé, tantôt je craignais de ne pas l'être. Pour vous, votre âme est calme et paisible.»

«Je n'ai jamais eu de doutes sur vos sentiments», dit Émilie.

«Oh, Émilie! que vous aviez bien raison! Je vous aime avec une tendresse, avec une passion dont vous ne pouvez concevoir l'idée. M'aimez-vous la moitié autant que je vous aime? Suffirai-je à votre cœur comme vous suffisez au mien, et le souvenir de votre patrie et des charmes qu'elle a eus pour vous, n'empoisonnera-t-il pas votre existence?»

«Mon vrai pays, depuis quelque temps, c'est Altendorf», dit Émilie en jetant le regard le plus doux sur Théobald.

«Et moi», dit Théobald, «je sens depuis quelque temps que mon pays sera partout où vous serez. Si vous avez des parents que vous veuillez revoir, je vous mènerai auprès d'eux, et supposé que le service de ma patrie pût me conduire dans la vôtre, j'irais plus volontiers qu'ailleurs, parce que les premier goûts de votre jeunesse s'y trouveraient mieux satisfaits. Je suis exigeant, chère Émilie; mais je ne demande pas plus de vous que je ne suis disposé à faire pour vous. Me préserve le ciel d'admettre aucune inégalité dans l'union dont j'attends tout mon bonheur! Si je veux être tout, je veux aussi faire tout, je veux appartenir tout entier à celle que mon cœur a choisie, à mon amie, ma maîtresse, ma femme! oui, vous l'êtes! je n'en aurai jamais d'autre!»

En même temps Théobald s'élance vers Émilie, et il la serrait dans ses bras quand une porte, se fermant avec bruit, en fit ouvrir une autre qui auparavent était mal fermée : celle-ci était entre l'antichambre et le salon; celle que l'on fermait donne de l'antichambre dans le vestibule. Théobald y courut et ne vit personne : Émilie fort émue le conjura de la reconduire chez elle à l'instant.

Pendant que Henri allumait un flambeau, Théobald fit de vains efforts pour rassurer sa tremblante maîtresse.

«C'est à présent que je cesse d'être tranquille», dit Émilie.

«J'éprouve à mon tour le trouble que vous vous plaigniez d'éprouver seul, et dont vous sembliez fâché de me croire incapable. Vous voir exposé à des reproches, à des chagrins, et penser que nous sommes peut-être à la veille d'une séparation éternelle, me tourmente à un point inexprimable.»

«Rien ne peut plus nous séparer», dit Théobald. «J'atteste le ciel que je ne me laisserai pas séparer de vous. Je n'ai eu d'inquiétude que sur votre cœur; ce moment me persuade qu'il est tel que je le désirais : pardonnez, mais malgré ce que je vous vois souffrir, c'est le plus beau moment de ma vie.»

Ils sortirent du château. Henri portait le flambeau devant eux; et comme ils passaient auprès des fenêtres de la chambre où nous étions, nous les vîmes, Mme de Vaucourt et moi, s'acheminer vers le logis d'Émilie. On eût dit deux époux conduits par l'hymen à la couche nuptiale. L'air radieux de Théobald, la contenance timide d'Émilie, sa tête penchée et ses yeux baissés, rendaient la ressemblance frappante et le tableau charmant. Mais l'heure pressait; il fallut séparer ceux qu'on aurait voulu joindre à jamais. Je pris la place d'Émilie et retournai au château avec Théobald.

On nous attendait. Nous nous mettions à table quand Mlle de Stolzheim entra dans la salle à manger. Après s'être plainte d'une indisposition légère, mais qui la forçait à se retirer, elle demanda qu'on voulût lui donner une voiture pour aller le lendemain voir sa mère à Osnabruck. On lui offrit des chevaux avec la voiture, mais elle en avait déjà fait demander à la poste. Son air, quoiqu'elle nous assurât qu'elle reviendrait bientôt, me parut sinistre. Le lendemain avant jour j'entendis les fouets claquer, les cors sonner : la comtesse était partie.

Théobald, selon l'étiquette, aurait dû être debout avant elle, et l'escorter à cheval une lieue ou deux; mais il ne s'était pas seulement réveillé : jamais son sommeil n'avait été si profond, jamais ses rêves n'avaient été si agréables, et il était onze heures quand il vint prier sa mère de lui faire donner du chocolat.

«Du chocolat, à onze heures! quelle fantaisie, mon fils!» dit Mme d'Altendorf.

«Oh! ma mère», dit Théobald, «c'était hier une espèce de fête, et c'en est encore une aujourd'hui. Je ne suis point comme à mon ordinaire, et il faut me complaire et me gâter un peu, pour que de toute façon, par ma mère comme par une autre, je sois le plus heureux de tous les hommes.»

«Vous ne m'en paraissez pas le plus sensé!» dit Mme d'Altendorf.

La matinée se passa dans l'abandon le plus gai et le plus aimable. Le dîner fut comme la matinée : Théobald s'était donné la permission de ne point s'habiller; il avait son frac du matin, et ses cheveux étaient en désordre.

«Serait-ce par hasard l'absence de ma noble cousine qui me mettrait dans cette humeur?» dit-il à sa mère. À peine avait-il prononcé ces mots et porté à son père la santé de toutes ses parentes à tous les degrés possibles, que voilà les mêmes fouets, les mêmes cors que le matin, faisant un bruit enragé : la même voiture vole, arrive, s'arrête, et il en sort la comtesse mère et la comtesse fille de Stolzheim.

«Quelle apparition!» s'écrie Théobald, en courant gaîment au-devant d'elles. «Je ne puis pas dire, Mesdames, que je vous désirasse : il faut oser s'attendre un peu à certaines félicités pour songer à les désirer; mais vous me surprenez vraiment beaucoup. Vous avez, Mesdames, des mines bien graves; changez-les de grâce en un gracieux sourire, pour vous mettre à l'unisson de l'humeur qui règne ici. Le désordre de ma toilette vous choque peut-être; mais apprenez que c'est l'indolence du bonheur qui m'a fait rester comme vous me voyez.»

A tout cela point de réponse. La comtesse mère, entrant dans la chambre où nous étions, ne salue que M. et Mme d'Altendorf, et les prie de passer avec elle dans une autre chambre. Théobald m'oblige à me remettre à table avec lui, boit, rit, chante, se lève ensuite et se met à jouer du clavecin. La petite comtesse, absolument delaissée, m'aurait fait pitié si la noire malice en pouvait faire.

Pendant ce temps-là, Mme de Stolzheim racontait au baron et à sa femme tout ce que Théobald avait dit la veille à Émilie; car la comtesse Sophie, se tenant auprès d'une porte qu'elle avait laissée entr'ouverte tout exprès, n'en avait perdu un mot. En montant avec Mme Hotz, elle avait prétexté je ne sais quoi qu'il fallait qu'elle prît dans le salon, et celle-ci étant appelée par sa maîtresse, comme je l'ai déjà dit, n'avait pu faire autre chose que de la laisser descendre. Quand elle sut qu'elle n'était point rentrée au salon, elle eut les plus grandes craintes; mais pensant que le mal était fait et qu'il était irréparable, elle ne jugea pas à propos d'affliger sans utilité son cher Théobald.

Après le récit très circonstancié des protestations et promesses que Théobald avait faites, sans se rappeler le moins du monde ses parents ni l'autorité paternelle, Mme de Stolzheim parla de l'engagement résolu, et selon elle, contracté, avec la comtesse sa fille, et s'étendit beaucoup, tant sur l'horreur d'un pareil manque de parole, que sur la perte des brillantes espérances que l'alliance projetée donnait à Théobald : M. le baron grand-maître à telle cour; M. le comte, grand-veneur à telle autre; M. le chancelier, M. le général, M. l'évêque, M. le coadjuteur, qui tous étaient ses proches parents, seraient furieux et nuiraient autant qu'ils auraient pu servir.

«Cela ne sera pas», dit M. d'Altendorf. «Planter là votre fille, méconnaître mon autorité, fâcher tant de personnages respectables et vindicatifs! non, cela ne doit pas être. Suivez-moi : pendant que j'ai mon indignation toute fraîche dans la mémoire, je parlerai à mon fils comme il faut.»

Mme d'Altendorf voulut en vain retarder et modérer le coup de la massue; son mari lui disait : «Ma cousine a parlé et très bien parlé; je m'en tiens à ce qu'elle a dit, et je ne veux pas que vous dérangiez mes idées. Suivez-moi, vous dis-je : il faut que mon fils Théobald épouse la Comtesse Sophie de Stolzheim.»

On vint à nous : ainsi la lourde buse et le cruel épervier tombent sur la mésange ou sur le pinçon.

Théobald fut d'abord terrassé de la menaçante gravité de son père, de la tristesse de sa mère, et de l'air furibond de celle qui prétendait l'appeler son gendre. Elle se hâta de prendre la parole.

«Monsieur, vos parents savent tout», dit-elle; «le baron votre père est de mon avis sur tous les points, et plus indigné encore que moi de l'horreur de votre procédé. Je veux bien l'oublier dans ce moment, et je vous demande avec douceur si vous êtes disposé à réparer vos torts et à épouser tout de suite ma fille?»

«Non, Madame», répondit Théobald.

«Comment non!» s'écria son père.

«De grâce, laissez-moi parler», dit la comtesse; «j'y mettrai plus d'indulgence que vous, et certainement je ne dira que ce que vous avez pensé vous-même. Voulez-vous, Monsieur, prendre aujourd'hui l'engagement formel d'épouser ma fille, puis vous éloigner d'Altendorf, pour y revenir quand vous aurez oublié votre aventurière?»

«Non», dit Théobald. «Moi prendre le moindre engagement avec celle qui m'a joué un tour aussi noir!»

«Vous seriez flatté de ce qu'elle a fait pour ne pas vous perdre», dit Mme de Stolzheim, «si une ridicule et honteuse passion ne vous empêchait de l'apprécier; mais vous en jugerez mieux quand vous serez revenu à vous-même, et il n'y a pour cela qu'un moyen, c'est de vous éloigner de la maudite sirène qui vous ôte la raison.»

«Je lui ordonne de s'éloigner», dit M. d'Altendorf.

«Vous pourrez voyager agréablement et vous montrer avec éclat aux cours de Brunswick, de Berlin, de Saint Pétersbourg», continua la comtesse.

«Sans doute», dit M. d'Altendorf.

«Partout vous serez protégé par mes parents ou par ceux de ma fille.»

«Cela est extrêmement agréable et flatteur», dit M. d'Altendorf.

«Vos parents vous donneront tout l'argent nécessaire.»

«Un crédit infini», dit M. d'Altendorf.

Depuis quelques moments Théobald n'écoutait plus, et nonchalemment assis, caressait son chien dans un coin de la chambre. Sa mère s'approche de lui et lui demande s'il consent à s'absenter pendant quelque temps et à faire un voyage. Théobald se lève, fait quelques pas et se rapprochant de sa mère : «Oui», dit-il, «j'y consens, ma bonne, ma tendre, mon aimable mère; oui, j'y consens, quoiqu'il m'en coûte infiniment de vous quitter. Souvenez-vous que vous m'avez dit, 'Je m'attache beaucoup à elle.' Pardonnez et aimez-moi.»

«Il ne faut pas qu'il revoie sa Circé», dit Mme de Stolzheim.

«Non, sans doute», dit le baron. «Il faut qu'il parte ce soir même, et que jusque-là il ne sorte pas du château.»

«Ni son Henri non plus», dit Mme de Stolzheim.

«Quels nobles détails!» dit Théobald avec un sourire dédaigneux, et passant devant les deux comtesses, il alla baiser la main de son père, il embrassa tendrement sa mère, puis vint me dire adieu, en me priant de ne pas le suivre. Nous l'entendîmes donner des ordres pour que sa chaise fût prête avec quatre chevaux de poste pour dix heures du soir. On ne le vit plus, sa porte fut fermée. Henri ne sortit même pas de son appartement, et Mme Hotz qui lui porta en pleurant les lettres de change que lui envoyait son père, nous dit l'avoir vu immobile dans un fauteuil, tandis qu'Henri préparait coffres, porte-manteaux, cassette, sans oublier quatre pistolets qu'il venait de charger. Un moment après, on rapporta à Mme de Stolzheim quelques lettres de recommandation qu'elle avait jugé à propos de joindre aux lettres de crédit.

Je ne savais que penser de tout ce que je voyais. Comment expliquer le départ et toute la conduite de Théobald? Qu'était devenu son amour? Avait-il dit un seul mot en faveur de son amour ou de sa maîtresse? Pour me conformer à ce qu'il avait paru désirer de moi, je ne quittai pas un instant Mme d'Altendorf; mais je n'avais dans l'esprit qu'Émilie et l'affreuse surprise qu'elle aurait le lendemain.

Elle tenait compagnie à Mme de Vaucourt, qui, un peu incommodée du froid, n'était pas sortie de son lit ce jour-là.

Toutes deux, expliquant mieux que Théobald ne l'avait fait les derniers événements de la veille, s'entretenaient avec inquiétude des suites qu'on en pouvait craindre. N'avoir rien appris de nous de toute la journée était un motif d'inquiétude de plus.

A dix heures et demi, Émilie entend frapper doucement à sa porte. Elle court ouvrir elle-même, et ce n'est pas sans effroi qu'elle voit Henri venir chez elle à une heure si indue. Joséphine l'avait suivie.

«Est-il arrivé quelque chose de fâcheux à votre maître?» dit Émilie d'un ton ému.

«Oui et non, Mademoiselle; mais il n'est pas question de cela; quelqu'un qui a un très grand intérêt à vous parler vous attend sur le grand chemin au bout de votre rue.»

«Qui, Henri?»

«Un malheureux à qui vous seriez au désespoir d'avoir refusé cette consolation.»

«Ne peut-il venir ici?»

«Non, Mademoiselle; il fuit, il est proscrit et ne pourrait se montrer sans le danger le plus grand.»

«Votre maître est-il là?»

«Oui, Mademoiselle : venez vite, venez sans crainte. Moi qui me suis marié pour que vous ne vous séparassiez pas de mon maître, moi qui sais qu'il pardonnerait à peine au ciel le mal qui vous arriverait, vous exposerais-je, oserais-je vous exposer au plus petit danger? Votre hésitation est un outrage, et si je l'ose dire, une folie. Avancez, il n'y a pas un moment à perdre; avancez pendant que je fermerai la porte.»

Joséphine voulait suivre sa maîtresse; mais Henri, se tournant promptement, lui mit l'une de ses mains sur la bouche et de l'autre lui donna un sac d'argent.

«Ne dis mot et ne remue pas», lui dit-il, «ou tu t'en repentiras le reste de tes jours.» En même temps il pousse Joséphine dans la maison, en ferme la porte, et vient retrouver Émilie qu'il soutient et presse dans sa marche tellement qu'elle arrive en un instant où son amant l'attendait.

Voyant son effroi, Théobald craint sa résistance, et lui dit en lui prenant la main : «N'appelez pas, ne criez pas, chère Émilie, on viendrait à nous et toutes les circonstances donnant à mon action l'apparence d'un rapt, vous ne pourriez vous-même me sauver d'une mort ignominieuse. On voulait me séparer de vous, mais ce qu'on a imaginé pour cela va hâter notre union. Venez avec moi. Ma foi est donnée. Je réitère ici mes serments devant Dieu et devant la nature qui m'écoute en silence. Venez : vous n'avez que ce moyen d'être à l'homme que vous avez dit aimer, et qui vous adore.»

En même temps Henri et Théobald, de concert, soulèvent Émilie et la placent dans la chaise.

«La route de Brême», dit doucement Henri au postillon.

Oui, doucement en effet, mais non si doucement que Joséphine ne l'entende. Il y a une autre porte à la maison d'Émilie que celle qui donne dans la rue; Joséphine ne l'ignore pas. Elle est sortie par cette porte, et traversant trois jardins, franchissant divers obstacles comme elle l'eût fait au temps où sa taille était svelte et sa démarche légère, elle est arrivée aussitôt qu'Émilie tout auprès de la chaise de poste, n'étant séparée du grand chemin que par une haie, mais bien cachée, tant par la haie que par la nuit.

Les voyageurs partis, Joséphine revint en pleurant, et raconta mot pour mot à Mme de Vaucourt ce qu'avait dit Henri, ce qu'avait dit Théobald, et le silence et le départ d'Émilie.

Sans perdre son temps à s'étonner, Mme de Vaucourt sort de son lit, s'habille, fait lever Hans, va réveiller Lacroix, et regardant sa montre : «Je vous donne», dit-elle, «à chacun dix louis, si dans trois quarts d'heure je suis en carrosse.» Puis elle m'écrit ce qu'elle peut écrire, et charge Joséphine de me dire le reste.

Si les parents pardonnent et consentent tout de suite [me disait-elle] il n'est point arrivé de mal; on croira que c'est un voyage concerté avec eux, que je suis partie avec les amants. Émilie ne sera point vue sans moi sur la route. Déterminez les parents. Engagez Mme d'Altendorf à nous suivre; partez tous deux. Joséphine viendra avec nous : elle sait de quel côté ils sont allés, elle me l'a dit, c'est ce qui me rend sûre de les rejoindre; elle vous le dira dès qu'elle vous verra embarqués, et nous apportant des paroles de pardon et de paix. Qu'on songe qu'il est question de sauver à Émilie et à Théobald, c'est-à-dire, à ce que l'on peut connaître de plus beau, de meilleur, de plus aimable; qu'il s'agit, dis-je, de leur sauver blâme, honte, chagrin, et de leur assurer la plus douce félicité qui existe. Si l'on hésite, et qu'on tarde un seul jour, le public a jugé, la tache est faite, et sera ineffaçable. Je les engagerai à s'arrêter au premier gîte honnête. C'est là que je vous attends avec Mme d'Altendorf, la bonne Hotz et Joséphine. Un peu de faste serait très à-propos, et nous ôterait tout air d'aventure. Si vous ne venez pas, vous n'entendrez plus parler d'Émilie ni de Théobald. Je les envoie ou les emmène au bout du monde, et il ne me restera plus qu'à ôter Joséphine d'Altendorf *le désert et le dégradé.*

Il frappait minuit. Mme de Vaucourt saute dans sa berline, Lacroix sur le siège, Hans sur l'un des quatre chevaux, et les voilà qui suivent les pas de Théobald et d'Émilie.

On alla d'abord fort grand train, mais on se ralentit quand on entendit rouler devant soi une chaise de poste. Peu à peu on l'atteignit, et si Mme de Vaucourt l'eût voulu, elle se serait fait entendre d'Émilie, mais la crainte de lui faire peur enchaînait sa vivacité.

Théobald, plus ennuyé qu'effrayé de cette voiture qui touchait presque la sienne, car si l'on eût été à sa poursuite, on se serait pressé de le joindre tout à fait; ennuyé, dis-je, de se voir accompagné de la sorte, Théobald fait ranger et arrêter sa chaise sur l'un des côtés du chemin, croyant que la berline passerait. Point du tout, elle s'arrête.

«Qui êtes-vous?» crie Théobald surpris, et il avait la main sur un de ses pistolets.

«Constance et Constance seul», dit Mme de Vaucourt.

Émilie s'élance; elle est déjà dans les bras de son amie.

«Que voulez-vous? que prétendez-vous?» dit Théobald.

«Suivre votre sort», dit Constance, «et le rendre aussi doux qu'il me sera possible. Venez avec moi, nous suivrons ensemble la route que vous aviez prise.»

Ils ne s'arrêtèrent qu'à Hoya,[21] qui n'est déjà plus dans la Westphalie. Là, les deux dames très fatiguées se jetèrent sur un lit assez propre. Constance s'y endormit profondément, et Émilie elle-même aurait dormi, malgré la prodigieuse agitation que son aventure lui avait causée, si Joséphine eût pu lui sortir de l'esprit. Constance avait eu beau lui expliquer ses raisons, Émilie aurait voulu qu'elle eût emmené Joséphine.

Celle-ci n'était pas moins occupée de sa maîtresse : nous l'avons quittée à minuit; l'idée de se coucher ne lui était pas seulement venue. Je ne m'étais pas couché non plus, et à cinq heures et demi du matin je la vis entrer dans ma chambre tenant la lettre de Mme de Vaucourt. Je lus. Ma surprise ne fut pas plus grande que ma joie. De tout ce que j'avais craint, Émilie abandonnée était ce qui me touchait le plus.

Je fis éveiller aussitôt Mme d'Altendorf, et la fis prier de venir chez son mari où j'étais déjà. Tout dépendait, selon moi, de la première impression, et cette première impression fut heureuse. Le vieux baron prit cette fois toutes les idées de Mme de Vaucourt qu'il aimait beaucoup, et fut tenté de rire de tout ce qu'elle avait fait et imaginé.

«Comme elle y va, cette femme!» dit-il. «Le Diable n'est pas plus inventif. Allons, elle a raison, il faut finir cela vite et honorablement. Émilie est plus belle et meilleure, si j'ose

---

[21]Hoya est en Basse-Saxe.

le dire, que la Comtesse Sophie de Stolzheim. Si quelqu'un nous blâme, ce quelqu'un aura tort, car ce n'est pas notre faute. Allons, un peu de faste; Mme de Vaucourt veut un peu de faste. Quatre de mes chevaux ont assez bonne mine, on ne prendra pas garde aux autres. Johan, Conrad, Ulrich mettront leurs habits de livrée; George le chasseur mettra son habit le plus neuf. Allons, cela aura fort bon air. Mme la Baronne d'Altendorf, mon épouse, a meilleur air qu'aucune dame à vingt lieues à la ronde; Théobald est beau, la mariée est belle, et quand vous reviendrez, ce sera un fort beau cortège; mais ne manquez pas de ramener Mme de Vaucourt, car sans elle je m'ennuierais cet hiver; et à cause d'elle je voudrais que le voyage fût le plus court possible.»

Mme d'Altendorf, aux premiers mots qu'avait dit son mari, s'était allée préparer au départ. Le baron se leva pour voir l'effet que ferait l'équipage; et quand nous fûmes prêts à partir, il courut au bas de l'avenue pour nous voir passer. Je ne sais comment il se fit que le moins malin des hommes, une fois qu'il fut en train de gaieté, imagina comme une chose fort plaisante l'étonnement qu'auraient à leur réveil les deux comtesses. Il fut grand, en effet; mais ne parlons plus d'elles.

Quand nous fûmes à l'endroit où Émilie s'était laissé enlever, Joséphine monta dans le carrosse: «Allons-nous certainement», dit-elle, «non les chagriner, mais leur faire plaisir?»

«Oui, certainement, oui je vous le jure», dîmes-nous en même temps, Mme d'Altendorf et moi.

«La route de Brême!» cria alors Joséphine au cocher; et nous prîmes la route de Brême, et le soir nous arrivâmes à Hoya.

Tout ce qu'on nous dit, tout ce que nous répondîmes, serait trop long à raconter. La joie de Théobald en voyant sa mère ne se peut comparer qu'à celle qu'elle eut en le revoyant. Henri reçut d'abord assez froidement son épouse; mais chacun lui avait tant d'obligation, sa maîtresse auparavant inquiète et triste eut tant de joie quand Joséphine lui fut rendue, qu'il fallut que le sentiment de Henri se mît d'accord avec le sentiment général.

On repartit de Hoya le lendemain. On alla jusqu'à Hambourg, où l'on acheta des habits et des dentelles. Émilie refusa obstinément les bijoux qu'on lui offrait, si ce n'est un fort beau rubis, sur lequel Mme de Vaucourt avait fait graver un *C* et un *E* entrelacés. Je pense que ce sera jusqu'à la mort le cachet d'Émilie; et Théobald qui aime la reconnaissance et respecte l'amitié, n'en sera pas jaloux.

Au bout de quinze jours ils revinrent. Tout le village alla au-devant d'eux. Quinze jours après leur retour ils furent mariés. Une des ailes du château était restée à demi bâtie. Constance demanda et obtint de pouvoir l'achever, la meubler, l'habiter. J'aurais pu rester : Mme d'Altendorf le désirait; Théobald et Émilie me pressèrent de passer au moins l'hiver avec eux; mais je trouvai peu sûr, pour mon repos, de passer un hiver entier auprès de Constance.

SECONDE PARTIE

«Je n'ai pas trouvé» dit Mme de Berghen quand elle revit l'abbé, «que vos trois femmes prouvassent quoi que ce soit; mais elles m'ont intéressée, et c'est tout ce que je demandais.»

«Cela doit donc aussi me suffire», dit l'abbé; «mais n'avez-vous pas quelque estime pour chacune de mes trois femmes?»

«Je ne puis le nier», répondit la baronne.

«Eh!» dit l'abbé, «ai-je prétendu autre chose? Joséphine n'est rien moins que chaste, et vous l'estimez cependant, parce qu'elle est très bonne fille, qu'elle aime sa maîtresse et se conduit avec elle mieux, beaucoup mieux que simplement bien. Constance garde une fortune dont un casuiste sévère pourrait lui disputer la propriété; mais l'usage qu'elle en fait vous force à avoir de l'estime pour elle. Émilie, si scrupuleuse d'abord, s'accoutume à l'inconduite de sa femme de chambre, à la jurisprudence étrange, sophistique peut-être, de son amie, et enfin se laisse enlever par son amant sans dire un seul mot ni faire la moindre résistance : cependant vous ne sauriez ne la point estimer, et cela parce que, renonçant à la perfection qu'elle aimait, il lui reste d'être bonne amie, bonne maîtresse, amante dévouée, et que même l'amour, l'amitié, la reconnaissance qui lui ont fait perdre quelque chose de son inflexible vertu, s'enrichissent de cette perte et substituent un autre mérite à celui qu'elle leur sacrifie. Si je vous eusse parlé d'un de ces êtres comme j'en connais beaucoup qui, même lorsqu'ils ne font pas de mal, ne font aucun bien, ou ne font que celui qui leur convient; qui, n'ayant que leur intérêt pour guide, n'en supposent jamais aucun autre au cœur d'autrui, vous l'eussiez sûrement méprisé. De l'esprit, des talents, des lumières, rien ne vous réconcilierait avec un homme de cette trempe. Il fait voir en un homme, pour le pouvoir estimer, que quelque chose lui paraît être 'bien', quelque chose être 'mal'; il faut voir en lui une moralité quelconque.»

«Avec ce 'quelconque', vous donnez une grande latitude à nos vertus ou plutôt à nos vices», dit la baronne. «Si un homme s'avisait de se permettre tout, hors de faire gras le vendredi et de travailler le dimanche, que diriez-vous de lui?»

«J'étudierais ses facultés et m'informerais de son éducation», répondit l'abbé; «et si je voyais que de bonne foi il met plus d'importance aux observances que vous dites, qu'à nul autre devoir, j'oserais bien le déclarer imbécile, mais non totalement immoral.»

La baronne reprit : «Quand vous avez parlé de la dévotion de Joséphine et du parti qu'elle prétendait tirer de l'oraison dominicale, vous avez présenté des objets respectables sous un point de vue ridicule, et cela a déplu à plusiers personnes de ma société.»

«Ce n'est pas ma faute, et c'est très fort contre mon intention», dit l'abbé. «Joséphine a, comme beaucoup de gens, une piété qui, pour être grossièrement conçue, n'en est pas moins de la piété. Elle pensait que si elle n'eût eu que des vices, elle eût été désagréable à Dieu; que si elle eût eu à demander le pardon de beaucoup de péchés, elle ne l'eût pas obtenu. Cela est-il ridicule? Aujourd'hui je ne sais ce qu'elle se permet : rien peut-être de bien grave; ce dont je suis persuadé, c'est que le serment qu'elle a fait d'être fidèle à la foi conjugale pèse sur elle, la tient liée, et qu'elle ne le violera pas.»

«Mais ne pensez-vous pas», dit la baronne, «que vos trois femmes, si elles étaient connues, seraient d'un mauvais exemple? Ne craindriez-vous pas que l'estime qu'on serait forcé de leur accorder ne fut une espèce de sauvegarde, de brevet d'impunité, pour des fautes destructives du bon ordre?»

«Point du tout», répondit l'abbé. «Joséphine a souffert et souffre encore; son mari lui accordera-t-il jamais cette tendre confiance qu'il aurait pu avoir pour une femme chaste, et qu'il eût épousée sans y être contraint? Constance a souffert, et n'est peut-être pas sans inquiétude. À mon avis, on n'a rien à lui reprocher; mais il n'en est pas de même des auteurs de sa fortune, et qui sait comment ils ont vécu et comment ils sont morts?»

«Ne vous en a-t-il jamais fait l'histoire?» demanda la baronne.

«Jamais», répondit l'abbé; «elle a seulement permis à Émilie de me dire ce qu'elle lui en avait appris.»

«Que fait-on actuellement à Altendorf?» dit la baronne. «Y est-on heureux?»

«Je vous apporterai», dit l'abbé, «différentes lettres que j'en ai reçues.»

Lettre Première

Constance à l'Abbé de la Tour

Je souhaite pour votre honneur, Monsieur l'abbé, que vous ayez eu une meilleure raison de nous quitter que celle que vous m'avez donnée à entendre, et je me sens plus disposée, dans cette occasion, à vous pardonner un peu d'hypocrite flagornerie, qu'une si misérable pusillanimité. Vous ne craignez du moins pas que mes lettres ne vous tournent la tête, puisque vous voulez que je vous écrive; vraiment votre sécurité est juste, il n'y a rien à craindre de ce côté-là : j'écris sans agrément comme avec peu de soin, et l'on m'a toujours reproché un style sec et décousu.

J'ai d'excellentes nouvelles à vous donner de votre jeune ami et de sa femme. Émilie se conduit à merveille;

il est vrai qu'il n'y a pas grand mérite à cela jusqu'à présent; mille prévenances, une obligeante prévention pour tout ce qu'elle fait et dit, lui facilitent le bien dire et le bien faire. Madame sa belle-mère a mille fois plus de sens et de bonté que je ne pensais. C'est une manière, froide en apparence, mais si soutenue, de faire ce qui est le mieux pour tout ce qui l'entoure, qu'on ne peut douter à la longue qu'elle n'ait un cœur excellent et très sensible : vous me l'aviez dit, et l'aviez bien jugée. Elle m'a confié le projet qu'elle a de mettre Émilie à la tête de sa maison, et veut que je l'aide à arranger tout pour cela. On lui donnera, sous ce rapport, la chambre dont la porte fait face à celle de la salle à manger, de l'autre côté de la porte du château. Mme d'Altendorf y fera construire un poêle à la manière de Suisse, et tel que Mme Hotz, qui est de Zurich, la presse depuis vingt-deux ans d'en avoir un. On écrit pour se procurer des plans, des dessins, toutes sortes de directions. Mme Hotz fera venir, s'il le faut, un terrinier de ses parents, et coûte que coûte, nous nous chaufferons d'aujourd'hui en un an auprès d'un poêle suisse.

Pour le reste, la chambre sera arrangée selon le goût d'Émilie, qu'on saura pressentir avec la sagacité que donne une grande envie d'obliger. Elle a fait elle-même, mais sans savoir que ce fut pour elle, de petits dessins en mosaïque pour six fauteuils; on a retrouvé du canevas et des laines que la teigne a épargnés pendant quinze ans, et qu'on prétend lui enlever aujourd'hui. Lacroix a fait trois métiers de tapisserie. Mme d'Altendorf, sa belle-fille et moi, nous nous sommes chargées chacune de deux fauteuils; et tous les soirs, dès qu'il a frappé cinq heures, nos trois métiers forment un triangle autour d'un antique guéridon d'argent, sur lequel on place deux flambeaux. M. d'Altendorf se promène par la chambre ou s'assied auprès du feu. Théobald ne s'éloigne guère de sa femme. Si vous étiez avec nous, comme je le voudrais, je vous donnerais bien souvent mon aiguille et m'irais chauffer. Théobald pourrait parfois nous faire quelque lecture, si son père haïssait moins les livres : on dit qu'ils produisent tous sur lui le même effet qu'*Adèle de Senanges*. Au vrai, nous nous en passons très bien; il ne manque rien à nos soirées pour être très agréables, et s'il m'arrive quelquefois de vous y trouver un peu à dire, c'est une preuve que j'ai véritablement de l'amitié pour vous. Le matin je lis, j'écris; Émilie et Joséphine prennent dans ma chambre une leçon d'allemand. Mme d'Altendorf a exigé qu'on apprît l'allemand. Émilie voulait l'apprendre de son mari; mais sa belle-mère a cru que la leçon ainsi prise et donnée irait mal, et qu'il serait même un peu triste qu'elle allât bien. C'est donc le maître d'école du village que nous avons pour maître. Émilie étudie beaucoup, mais apprend peu. Pourquoi les Français et Françaises ont-ils tant de peine à apprendre une langue étrangère? On dirait qu'ils croient déroger à la nature éternelle des choses en appelant le pain et l'eau autre que *pain* et *eau*, et outre qu'ils on peine à retenir et à dire d'autres mots, ils paraissent ne pouvoir pas trop s'y résoudre.

Mme d'Altendorf a donné une clef de son bureau à Émilie; elle veut qu'elle paie et reçoive en son absence comme elle-même. C'est très bien pensé. Elle intéresse Émilie à la chose publique du logis et de la famille, en attendant que le gouvernement lui en puisse être entièrement confié. Le baron n'est pas homme à abdiquer aussi formellement la suprématie en faveur de son fils; mais celui-ci, poussé par sa mère, s'informe des négligences et des défauts de l'administration actuelle, et tout doucement les répare et les corrige. Son projet est de renoncer peu à peu et sans le déclarer à la plupart de ses droits féodaux, et s'il survit d'un seul jour à son père, d'en brûler les titres. Là-dessus il fonde des espérances d'amour et de bonheur chez ses vassaux, qui tiennent du roman plus que de la vérité.

Je l'avais plusieurs fois écouté, de manière à lui laisser croire que, partageant son espoir, je comptais voir renaître à Altendorf le règne de Saturne et de Rhée;[22] mais hier mon air lui dit de mon incrédulité.

«Je vous entends», s'écria-t-il; «vous traitez mes projets de rêveries et mon espoir de chimère; vous croyez que rarement on peut être utile à ses semblables, et que si l'on réussissait à leur faire du bien, ils ne le sentiraient

---

[22]Selon le mythe romain, le règne de Saturne et de sa femme Rhée à Latium (région autour de Rome) était une période de calme et de prosperité.

pas, n'en aimeraient pas mieux leur bienfaiteur, ne l'en traiteraient pas mieux, et tourneraient peut-être contre lui les lumières, la liberté, l'opulence qu'ils lui devraient. Il se peut bien que vous ayez raison; mais je veux l'ignorer. Je m'étourdirai là-dessus, je me persuaderai que j'aurai plus d'adresse ou de bonheur qu'un autre; que les hommes pour qui je travaillerai seront faits autrement que d'autres. Il ne s'agit que de mettre la main à l'œuvre. Une fois engagé dans l'entreprise, on ne délibère plus, on agit. L'attrait du travail fait même quelquefois oublier le but qu'on se proposait en commençant. On est comme le marchand, le joueur, ou l'agioteur avide, qui d'abord ne voulait gagner que pour acheter telle maison, pour épouser telle femme, et qui ensuite, ne se souciant plus de la femme ni de la maison, ne veut plus qu'agioter, jouer, trafiquer. Ma cupidité sera du moins plus noble que la leur. Quelques douces jouissances accompagneront mes efforts, quelques marques de sympathie de la part de ceux auxquels le ciel donna un enthousiasme pareil au mien, m'empêcheront de rougir de son extravagance. Après tout, on ne peut vivre dans une totale inaction, ni agir sans un but d'action : or quel but n'offre pas les mêmes incertitudes que celui que je me propose? Si je cherche du plaisir, suis-je sûr d'en trouver? Dans la recherche des biens désirés par l'ambitieux, suis-je sûr de réussir, et le succès même le plus brillant m'assurerait-il le bonheur? Il n'y a que l'homme qui travaille pour substanter sa vie, qui sache distinctement à quoi il tend, et dont le but n'ait rien de vague ni de chimérique; encore pourrait-on mettre en question si vivre est une chose si douce que ce soit la peine de travailler uniquement pour continuer de vivre. Laissez-moi donc travailler à diminuer les souffrances et à accroître les jouissance de mes semblables; et quand l'expérience m'aura prouvé que je ne pouvais rien pour eux; quand, loin de me récompenser, ils m'auront puni de mes infructueux efforts, j'espère que l'âge aura glacé mes sens, mon activité, ma sensibilité, et que respirer encore, sans but, sans projet, sans espoir, presque sans mouvement, sera toute la jouissance que demandera un homme éteint en même temps que désabusé.»

Voilà, Monsieur l'abbé, presque mot pour mot ce que Théobald a répondu à ma pensée. À l'avenir, sans lui objecter rien, j'entrerai dans ses bienfaisants projets et l'aiderai de mes conseils et de ma fortune. Adieu.

Ce 30 novembre 1794

P. S. Théobald vient d'envoyer un habillement complet et chaud à chacun des hommes que sa terre fournit aux troupes du Cercle.[23] Il donne à leurs parents l'équivalent de ce qu'ils pourraient gagner ici par leur travail.

---

[23]«*Cercle* se dit aussi de plusieur principautés, villes et États qui font ensemble le corps politique d'Allemagne, *les dix cercles de l'Empire, les troupes du Cercle*', *Dictionnaire de l'Académie*. Les Prussiens, les Hessois, les Autrichiens et des émigrés français avaient formé une alliance contre la France révolutionnaire» (Charrière 767n18).

Lettre II

Constance à l'Abbé de la Tour

Je vous remercie, Monsieur l'abbé, de la relation que vous m'avez faite des premiers jours de votre voyage. Puisse-t-il s'être achevé aussi heureusement qu'il a commencé! ou s'il vous est arrivé quelque accident, puissiez-vous avoir trouvé des secours et un asile pareils à ceux que je vous dois!

Tout continue à aller fort bien ici. Je trouve que, excepté le vieux baron qui me paraît avoir été jeté dans un moule assez commun, tous les habitants de ce lieu sont des gens distingués et rares. Madame d'Altendorf, qui a su vivre avec son mari dans une stagnation apparente de toutes ses facultés, sans en rien perdre, de manière qu'elle se retrouve à présent ce qu'elle était dans sa jeunesse; Mme d'Altendorf, dis-je, est ici le phénomène qui me frappe le plus. Je croyais qu'elle avait élevé son fils, et que cette occupation avait pu lui tenir lieu de tout autre plaisir; mais en joignant ensemble le temps qu'il a passé en différents endroits de l'Allemagne, de la Suisse et de l'Angleterre, je vois qu'il n'a vécu que la moitié de son âge à Altendorf. L'y voir fixé aujourd'hui avec une compagne telle qu'elle l'aurait choisie n'est pas une jouissance médiocre pour sa mère, et je m'aperçois qu'elle fait tous les jours chez lui des découvertes agréables; il est clair aussi que chaque jour elle me sait plus de gré d'avoir empêché qu'il ne s'enfuît en Amérique avec Émilie, car elle ne doute pas que ce ne fut à son projet et qu'il ne dût s'embarquer à Hambourg. Nous n'avons touché qu'une fois cette corde, et je la trouvai si fâcheuse que, éludant des remerciments auxquels j'aurais mieux aimé n'avoir point de droits, je changeai aussitôt de conversation. Ce qui avait amené celle-ci, c'est une lettre que je reçus, il y a quelques jours, de cette petite Comtesse de Horst, que nous vîmes, vous et moi, près de Hambourg. Ni ses parents ni ceux de son mari n'ont voulu leur pardonner leur mariage. Elle espérait que sa grossesse, aussi avancée que celle de Joséphine, les toucherait; mais personne ne veut la recevoir pour faire ses couches, et elle se voit au milieu de l'hiver sans argent et sans asile. Voilà ce qu'elle m'écrit, et elle me demande des conseils. J'aurais mieux aimé que tout franchement elle m'eût demandé des secours : mais n'importe, je lui ai répondu qu'elle n'avait qu'à venir habiter la maison que j'ai dans le village; et Joséphine, devant faire ses couches vers le même temps dans le ci-devant appartement d'Émilie, lui sera ressource et secours. Quand la petite comtesse sera arrivée avec son mari, je vous manderai si c'est une acquisition que nous ayons faite; si ce n'en est pas une, nous nous en tiendrons avec eux aux devoirs de l'humanité et d'une cérémonieuse politesse. Je les ai avertis que je ne leur prêtais ma maison que jusqu'au mois de mai, car alors je l'irai habiter moi-même. J'ai tellement peur d'ennuyer le château de moi que, désirant y passer l'hiver prochain, je veux passer l'été au village. Adieu, Monsieur l'abbé. Je crains bien que ce détail des événements et arrangements d'Altendorf ne vous ennuie un peu.

Ce 7 décembre 1794

P. S. Ne voilà-t-il pas qu'un indiscret a lu par-dessus mon épaule pendant que j'écrivais. Il me demande ma plume.

Quel beau projet l'on vous communique, mon cher abbé! mais il ne s'exécutera pas. Venez vous emparer de la maison où elle prétend rentrer. Comment la laisserions-nous quitter le château? Elle est l'âme vivifiante de mon père; elle est pour ma mère la plus douce et la plus aimable société : quant à ce qu'elle est pour Émilie et pour moi, je ne puis pas mieux le dire qu'exprimer tout ce que nous lui devons.

Théobald

Lettre III

Constance à l'Abbé de la Tour

Ce 13 décembre 1794

Mes hôtes, ou plutôt ceux de ma maison, car il ne seront jamais les miens, et si j'étais chez moi ils n'y seraient pas, arrivèrent il y a trois jours. Nous leur fîmes aussitôt une visite qu'ils nous rendirent le lendemain, et hier ils ont dîné au château. C'en est assez pour longtemps. Je les ai pris en une sorte d'aversion à cause des mauvais moments qu'ils ont fait passer à Émilie. La femme est une étourdie, sans esprit ou du moins sans raison et sans tact, mais très jolie, comme vous vous en souvenez sans doute; elle est coquette à proportion. Son mari, que vous n'avez pas vu, parce qu'au mois d'octobre il était à l'armée prussienne, est un grand homme à grandes moustaches noires, et beaucoup plus beau qu'il ne paraît spirituel. Hier, à table, on plaça la comtesse entre Théobald et son père, le comte entre Mme d'Altendorf et moi; Émilie était vis-à-vis de la comtesse et avait auprès d'elle, d'un côté, une dame d'Osnabruck, de l'autre la mère de cette dame, et entre cette mère et moi était un baillif ou secrétaire d'une seigneurie voisine de celle-ci. La comtesse, toujours penchée vers son jeune voisin, lui parlait tantôt de Mlle de Stolzheim, dont les regrets avaient fait bruit, et n'avaient rien, selon elle, que de fort naturel; tantôt de l'étonnement où chacun était ou devait être de voir qu'un homme de la naissance, de la figure et de la fortune du jeune Baron d'Altendorf, s'enterrât dans un château de Westphalie au lieu de briller à quelque cour comme cela lui serait si aisé. Théobald ne répondant à peu près rien, la comtesse voulut rendre ses cajoleries encore plus sensibles, et à propos d'un bracelet qu'elle portait et sur lequel était le portrait de son mari, elle regarda un portrait de Théobald que Mme d'Altendorf avait sur une boîte, compara les deux figures, et donna hautement la préférence aux cheveux blonds sur les cheveux noirs, aux yeux bleus sur tous les autres yeux.

Le mari, impatienté, lui représente en vain qu'elle faisait un mauvais compliment aux dames de la compagnie, qui toutes étaient brunes excepté elle : la franchise de Mme de Horst était si grande, disait-elle, qu'elle ne pouvait déguiser aucun de ses sentiments; et toujours elle regardait Théobald avec un tel air de prédilection et des minauderies si agaçantes que le mari ne put bientôt plus dissimuler son chagrin. Émilie, qui le voyait, regarda Théobald avec un léger sourire, lui montrant du coin de l'œil le pauvre comte honteux et déconcerté. Je suivais ses yeux, et je vis Théobald lui lancer un regard terrible. S'il eût pris garde à l'effet de ce regard, il en eût été fâché sans doute, et aurait réparé le mal au lieu de l'aggraver; mais trop plein de l'impression qu'il avait reçue, et fatigué de la comtesse, qui ne prenait garde à rien ou que rien ne décourageait, il se lève tout d'un coup, se plaint d'avoir trop chaud et, supposant que mon voisin avait froid, il vient brusquement lui demander sa place et le pousse à la sienne. Je le reçus mieux que mon penchant ne m'y portait, et cela pour ne pas augmenter l'esclandre; mais ni moi, ni Mme d'Altendorf, nous ne pûmes plus donner de vie à la conversation, et la petite comtesse elle-même resta abasourdie. Après le dîner, Émilie, au lieu de rentrer au salon, courut dans ma chambre où je la trouvai tout en pleurs.

«Je sais», dis-je, «tout ce que vous pourriez me dire; mais de grâce plaignez-vous de votre mari à sa mère, et priez-la de vous raccommoder avec lui : ou je la connais mal, ou cette confiance que vous montrerez en son impartialité et en son amitié pour vous achèvera de vous l'attacher; moi je vous suis ici trop dévouée pour que mon entremise fît un bon effet. Venez sur-le-champ avec moi; nous la trouverons, je pense, dans la salle à manger, où elle a prétexté avoir quelque chose à faire, étant lasse de la compagnie et de la contrainte du dîner. Venez, je vous laisserai avec elle, et j'irai prendre votre place à toutes deux auprès de vos convives.»

Pendant que nous traversions la chambre qui est entre mon appartement et la salle à manger, nous avons entendu que Mme d'Altendorf parlait à son fils.

«Quoi!» lui disait-elle, «s'emporter de la sorte et pour si peu de chose! Vous nuisez, mon fils, à votre réputation, à votre repos, au bonheur de ceux qui vous aiment; vous courez risque d'altérer les sentiments de votre femme, d'altérer sa santé, enfin de vous rendre très malheureux, et pour comble de maux, de sentir que vous l'êtes devenu par votre propre faute.»

Nous étions auprès de la porte qui était entr'ouverte; je l'ai poussée, Émilie est entrée, elle s'est jetée au cou de sa belle-mère. On s'était querellés sans parler, je crois qu'on s'est raccommodés de même, mais non sans verser bien des larmes. Émilie, quand elle est rentrée au salon, avait les yeux fort gros, et ceux de Théobald étaient d'un homme qui a été fort attendri. Après m'avoir ramené sa femme d'un air bien obligeant pour elle et pour moi, il a proposé aux hommes d'aller avec lui s'informer d'une chasse au renard qu'on avait dû faire aux environs d'Altendorf. Émilie s'est mise à entretenir la dame d'Osnabruck, et moi, m'approchant de la petite comtesse, je lui ai demandé si elle s'était aperçue du trouble dont elle avait été cause, et si elle profiterait de la leçon? Elle a prétendu ne savoir pas ce que je voulais dire.

«Il faut donc vous expliquer tout ceci», lui ai-je dit à demi-voix, mais assez haut cependant pour qu'Émilie et les deux autres femmes pussent m'entendre. «Vous avez fait par mauvaise habitude, sans doute, car je ne veux pas vous soupçonner d'une mauvaise intention, des avances très marquées au mari de Madame. Votre mari a été embarrassé; Madame a souri de son embarras; l'objet de vos avances, déjà fatigué et ennuyé, s'est mis de mauvaise humeur contre sa femme : il a trouvé que le chagrin d'un mari n'était point une chose dont on dût rire; il sentait qu'à la place du comte il serait le plus malheureux et le plus honteux des hommes. Sa femme, au désespoir de lui avoir déplu, s'est troublée, a pleuré. La paix est fait entre eux, et pour eux c'est une chose finie; mais moi qui vous ai attirée à Altendorf, je me crois obligée de vois avertir que si vous voulez y trouver la protection dont vous avez besoin, il fait bien vous garder à l'avenir de donner lieu à des scènes pareilles.»

«Quelles expressions, Madame!» s'est écriée la comtesse; «je crois pouvoir vous dire tout au moins que vous gâtez prodigieusement le mérite de vos bienfaits.»

«Au contraire, Madame», ai-je dit. «Le service que j'ai prétendu vous rendre dans ce moment est le seul dont j'exige de la reconnaissance.»

«Qui l'eût jamais cru», a repris la comtesse, «que dans une maison renommée pour la politesse et l'usage du monde, on trouvât tant de pédanterie, tant de gêne et d'ennui!»

«Vous serez la maîtresse», lui ai-je dit, «de n'y pas venir très souvent, mais croyez que je ne vous négligerai pas et que j'irai vous trouver aussi souvent que ma présence pourra vous être bonne à quelque chose.»

«L'agréable hiver à passer!» dit la comtesse, comme si elle se fût parlé à elle-même. Je n'ai pas paru l'entendre; et quelque temps après, changeant totalement de ton et de propos, je l'ai priée de ne se point mettre en peine de la layette de son enfant, qui trouverait à se vêtir à son arrivée dans le monde, sinon magnifiquement, au moins proprement et chaudement. Mme d'Altendorf était revenue auprès de nous; son fils et le comte rentraient; j'ai proposé une partie de whist, et Théobald n'en étant pas, la comtesse a pu jouer sans distraction. Aujourd'hui nous nous sommes mises à faire les vêtements des deux enfants à naître. Si tous deux viennent à bien, il partageront ou jouiront en commun; si nous ne sommes pas si heureux que cela, celui qui vivra aura tout. Adieu, Monsieur l'abbé.

Ce 15 décembre

J'ai reçu ce matin la visite du comte. Il me paraît un fort honnête homme, et je le plains de tout mon cœur. Enhardie par son air de confiance, je l'ai engagé à me mettre au fait de ses affaires et des causes du mécontentement que l'on témoigne contre lui et sa femme dans les deux familles. Ils sont aussi bien nés l'un que l'autre; mais les parents de la comtesse sont pauvres, et ils avaient espéré qu'étant chanoinesse de je ne sais quel chapitre, elle se contenterait de cet établissement; de manière que toute la dépense que leur fortune leur permet de faire pût être pour un jeune fils qu'ils ont. D'un autre côté, on voulait marier le comte avec une parente riche et belle qui lui aurait extrêmement convenu. Il est l'aîné d'une famille médiocrement opulente, et son mariage, bien qu'assorti pour la naissance, se trouve être fâcheux, non seulement par la perte d'un meilleur établissement, mais par l'humeur dépensière de la jeune femme. Cette humeur effraie chacun, et je ne conçois pas ce que le mari fera de sa femme lorsqu'il lui faudra retourner à l'armée. Je lui ai conseillé d'aller voir une tante qu'il a dans le Holstein et de se recommander à elle. Il partira incessamment. Je vous demande pardon de vous entretenir si à fond de deux personnes très ordinaires; mais j'ai le bonheur de n'avoir rien de plus intéressant à vous mander. Nous sommes ici parfaitement tranquilles. L'homme d'Altendorf, quoiqu'il ne définisse pas ses droits, en jouit sans doute, car il me paraît content et fort loin de vouloir s'insurger; d'ailleurs point d'ennemis ni d'alliés qui nous menacent :

Nè strepito di marte
Ancor turbò questa remota parte.[24]

---

[24]«Et aucun bruit de guerre n'a encore troublé ce lieu écarté»— Torquato Tasso, *Gerusalemme liberata* (1575), canto VII, strophe 8.

Lettre IV

Constance à l'Abbé de la Tour

Nous travaillons à force. Il n'y a pas de temps à perdre. Les deux enfants ne tarderont pas à venir au monde. La sage-femme consultée prétend qu'ils naîtront peut-être à la même heure; elle est assez gaie et ne manque pas de sens. Je l'ai établie chez la comtesse pour que celle-ci fût moins seule en l'absence de son mari. Dans une quinzaine de jours, Joséphine ira habiter l'ancienne chambre d'Émilie : elle y sera très à portée de sa belle-mère qui l'a prise en grande affection; et les deux accouchées seront si près l'une de l'autre qu'on n'aura pas de peine à les soigner toutes deux à la fois.

On se porte ici à merveille, et je suis persuadée que nulle part on ne s'ennuie moins. La conversation est souvent rendue intéressante par de petits incidents qui ne produiraient rien sans une sympathie qui fait qu'on s'entend mutuellement, et qu'on est charmé et flatté de s'entendre. Hier, Théobald, appuyé contre la chaise de sa femme, avait l'air fort occupé de ses pensées : on lui a demandé à quoi il pensait? Il a répondu qu'il était inutile de rappeler un moment de délire expié par ses excuses et ses regrets, qu'il voulait s'en souvenir seul et désirait que nous l'oubliassions; mais qu'il consentait à nous dire à quelles pensées ce souvenir l'avait conduit.

«Je m'étonnais», a-t-il continué, «de ce qu'étant si susceptible de joie, je l'étais si peu de gaieté, j'entends de

113

celle qu'il faut pour qu'on se joue légèrement des objets, et qu'on amuse les autres par des peintures et des imaginations plaisantes. Le ridicule m'afflige quand je le vois chez des gens que j'estime; chez les autres il m'impatiente et m'ennuie. Je n'en ris pas, je ne le peins pas, je le fuis. J'ai quelquefois envié le talent de ceux qui savent en tirer parti, surtout depuis que je vous aime, Émilie, c'est-à-dire, depuis que je vous connais. J'aurais voulu partager avec vos compatriotes ce moyen qu'ils ont par-dessus moi de vous plaire, ou du moins de vous amuser; j'aurais voulu surtout avoir, comme eux, le don d'effleurer agréablement les sujets ordinaires de la conversation, ceux sur lesquels les discussions sérieuses sont si peu de mise qu'on est honteux après coup de la logique qu'on y a employée, et qu'on aimerait mieux avoir laissé tout le monde dans l'erreur que d'avoir établi ennuyeusement une triviale et indifférente vérité. C'est ce qui arrive à tous nous autres gens du nord, et n'arrive point à vos compatriotes. Otez-moi cette manie, et me laissant constant pour vous aimer, exact, patient, méthodique pour toutes les questions importantes où mon avis pourra être de quelque poids, coupez court à mes appesantissements sur des objets frivoles; interrompez-moi, raillez-moi, marchez-moi sur le pied; en un mot, ne souffrez pas que je vous ennuie.»

«Cela serait fort bien vu», ai-je dit à Théobald, «s'il était facile ou possible d'avoir différents esprits pour différentes occasions : mais si au lieu d'être toujours solide vous êtes toujours léger, si au lieu de prouver trop vous ne prouvez point, vous aurez beaucoup perdu au change, surtout dans le temps où nous vivons, qui me paraît être très grave, et où il est question pour fort peu de gens de s'amuser et presque pour tout le monde de prendre un parti sage. Combien un bon conseil ne vaut-il pas mieux aujourd'hui que milles bonnes plaisanteries! Le loisir est passé, et la routine de la vie est rompue et détruite.»

«Je ne prétends pas», a dit Théobald, «à l'honneur des bonnes plaisanteries, ce serait ressembler à l'âne de la fable;[25] c'est à ne pas ennuyer que se bornent mes prétentions et mes vœux.»

«Restez, Théobald, restez, de grâce, comme vous êtes», a dit Émilie. «Pour moi, j'espère qu'il ne m'arrivera plus de rire aussi mal à propos que l'autre jour; et si cela m'arrive, ayez quelque indulgence pour de vieilles habitudes. J'aurai toujours plus de plaisir à admirer de belles choses qu'à m'amuser de choses ridicules, mais l'un, j'ose le dire, est autant de notre nature que l'autre, et je crois la comédie aussi ancienne qu'aucune autre production de l'esprit. Aujourd'hui le rire n'est guère de saison. Constance n'a pas tort de dire que les temps actuels sont graves. L'état dont vous m'avez tirée et dont tant d'autres ne seront point tirés et où tant d'autres sont menacés de tomber, est tout au moins grave. La gaieté y sied moins que la raison; ce

---

[25]Allusion à *L'âne et le petit chien* de la Fontaine.

n'est qu'avec de la raison qu'on peut l'empêcher de devenir humiliant et triste. Rois, peuples, grands et petits, tous ont besoin de regarder où ils vont; l'ornière de la vie, comme l'a dit Constance, est interrompue, la route est difficile, et toute distraction est dangereuse. S'il était une nation plus sage que les autres, ce que j'ignore, et une autre nation plus aimable que les autres, ce n'est pas dans ce moment que la première devrait porter envie à la seconde. Pour vous, Théobald, n'enviez jamais rien à qui que soit.»

Théobald a baisé avec transport la main qu'Émilie lui tendait. Mais toute cette gravité nous conduisait à un morne silence, si je ne me fusse mise à comparer les différentes manières dont s'égaient les différents peuples. Théobald m'a aidée : il a dit ne pas bien comprendre le *humour* des Anglais, les allusions en sont trop subtiles; ne pas aimer la gaieté française, elle ridiculise toute chose; ne pas goûter la bouffonnerie allemande, elle est grossière. Il était prêt à décider qu'il ne sympathisait avec aucune sorte de gaieté, et se plaignait de la nature qui lui avait refusé une faculté qu'elle accordait à tous les hommes, quand je lui ai demandé si Don Quichotte et Sancho ne le faisaient pas rire : ils l'ont fait rire mille fois. N'est-il pas plaisant que ce soit chez le plus grave de tous les peuples que nous ayons trouvé une gaieté irrésistible? Cervantes a fait rire ses compatriotes; après cela il était bien sûr de faire rire toutes les nations.

Lettre V

Constance à l'Abbé de la Tour

Hier il m'est arrivé de dire que, de tous les beaux-esprits mes contemporains, Bailly était le seul avec qui ses ouvrages m'eussent donné le désir de vivre.[26] Chacun s'est montré surpris.

«Quoi, Mme de Sillery!»[27]...

«J'admire», ai-je dit, «quelques-unes de ses petites comédies; je fais cas de cet esprit rapide et expéditif que je trouve dans tous ses ouvrages; j'y reconnais à la fois sa vocation et le talent de la remplir. On devrait l'établir inspectrice générale des écoles primaires de la République française; mais je n'en tiens pas moins à ce que j'ai dit.»

«Et Bernardin de Saint-Pierre?»[28]

«Paul et Virginie n'ont point d'admirateurs plus ardents que moi», ai-je répondu; «comme je connais leur soleil, leurs palmiers, leurs habitations, je vis avec eux, je me promène avec eux partout où je les rencontre : enfants, je les caresse; adolescents, je les admire; cependant je m'en tiens à ce que j'ai dit. Mais laissons là les auteurs

---

[26]Jean Sylvain Bailly (1736–93), astronome, savant et maire de Paris jusqu'à son éxécution en 1793. Charrière le connaissait.

[27]Mieux connue sous le nom de Madame de Genlis, la marquise de Sillery (1746–1830) publia plusieurs romans aussi bien que des mémoires.

[28]Bernardin de Saint-Pierre (1737–1814) publia le célèbre roman *Paul et Virginie* en 1788. L'action du roman se situe dans l'île Maurice.

vivants et remontons plus haut. Aurions-nous voulu vivre
avec Jean-Jacques?»

«Non, sans doute!» s'est écrié chacun. «Avec Voltaire?»
«Pas davantage.» «Avec Duclos?» «Oui.» «Avec Fénélon?»
«Oh oui!» «Avec Racine?» «Oui.» «Avec La Fontaine?»
«Pourquoi non?»[29]

Ici nous avons été interrompus. Vous pouvez, Monsieur l'abbé, vous amuser à continuer ce scrutin. Je pense
qu'en général j'aimerais mieux vivre avec un auteur qui
ne le serait devenu que par nécessité ou par une impulsion irrésistible, qu'avec celui qui se serait mis à l'être
de son plein gré et par choix, c'est-à-dire par amour-
propre. Mais peut-être qu'après tout le meilleur n'en
vaudrait rien, du moins sous le rapport dont il s'agit.
Tous ces gens-là sont sujets, non seulement à préférer
leur gloire à leurs amis, mais à ne voir dans leurs amis,
dans la nature, dans les événements, que des récits, des
tableaux, des réflexions à faire et à publier, et souvent
ils méconnaissent les objets et permettent à leur esprit
de les dénaturer, pour les mieux plier à l'usage qu'ils en
veulent faire. Il ne s'agit pas, pour eux, de la chose, mais
de l'effet. Un peintre, pour l'amour de son tableau, renverse une bonne maison et la change en une masure. Je

---

[29]Jean-Jacques c'est Rousseau. Charles Pinot Duclos (1704–72), savant et ami de Voltaire et de Rousseau. François de Salignac de la Mothe Fénélon (1651–1715) théologien français. Ses célèbres *Aventures de Télémaque*, œuvre allégorique visant à éduquer le future roi, furent publiées en 1699.

doute que Rousseau ait jamais rien vu comme il était. Ceux qu'il voulait louer, ceux dont il voulait se plaindre, sont devenus à ses yeux ce qu'ils devaient être, pour que des portraits charmants ou hideux pussent porter leur nom. Quant à Voltaire, il ne se donnait pas la peine de se tromper lui-même, il lui suffisait d'en imposer aux autres. Il disait ce qu'il lui convenait de dire. Je pourrais porter mes exemples beaucoup plus loin, mais j'en ai dit assez pour vous mettre sur les voies, et vous faire partager avec moi l'amusement que ces examens et ces appréciations m'ont donné.

Des auteurs nous avons passé assez naturellement aux études. Serait-ce un bien, serait-ce un mal, que la majorité d'une nation fût plus instruite qu'elle ne l'est; ou en d'autres termes, la portion de lumières que peuvent acquérir des artisans et des laboureurs par le moyen de l'instruction serait-elle utile ou nuisible, soit à eux, soit à la société à laquelle ils appartiennent? Cette question est si vaste, si difficile à décider, que nous nous en sommes tenus à des doutes et des conjectures; mais après la discussion la plus froide, la plus raisonnable dont nous soyons capables, Théobald, qui ne perd jamais de vue l'avantage de ses pupilles, comme il appelle les habitants d'Altendorf, a décidé qu'il prendrait dans chaque famille le jeune homme que ses parents diraient avoir le plus d'intelligence, et qu'il lui ferait apprendre d'abord à lire, à écrire, l'arithmétique, la géographie, ensuite les

119

principes de la langue allemande, en même temps que ceux de toute logique et rhétorique, et enfin un sommaire des lois du pays. Là où il n'y aura point de garçons, on prendra une fille, si les parents y consentent : de sorte qu'il y aura dans chaque famille quelqu'un qui en saura plus que les autres et que l'on pourra consulter. Deux heures par jour suffiront à ces différentes études, qui seront continuées pendant trois ans. Après trois ans, on procédera à un nouveau choix, et on commencera un nouveau cours. En hiver, les leçons se donneront dans l'orangerie du château; en été, dans la vieille chapelle que vous connaissez. Chaque jour Théobald, accompagné de sa mère, d'Émilie ou de moi, ira jeter un coup-d'œil sur les maîtres et sur les écoliers, pour les obliger à respecter l'ordre établi et juger des progrès. Après cela, quand les jeunes gens seront hors des classes, il faudra avoir quelques livres à leur mettre entre les mains, et c'est à se procurer des livres qui leur conviennent que Théobald prétend mettre tout son discernement et toute son activité. On se gardera bien de les qualifier d'*ouvrages pour le peuple* : c'est le moyen d'exciter la défiance et le dédain chez ceux auxquels on aurait été les premiers à montrer du dédain et de la défiance, et cela tout aussi clairement que si on leur eût dit : Il y a des vérités que nous nous réservons; vos esprits grossiers ne les pourraient comprendre; d'ailleurs nous redoutons l'usage que vous en pourriez faire : contentez-vous des objets, que nous voulons bien vous présenter; encore ne vous sera-t-il permis de les considérer que sous le point de vue sous lequel il nous convient que vous les envisagiez : nous vous en montrerons certaines faces, et nous vous cacherons les autres. Ah! loin de nous un artifice aussi grossier qu'insultant! Dans notre bibliothèque publique il n'y aura point de fictions, par conséquent point de voyages. Des livres d'histoire, de physique pratique, de médecine pratique, des extraits des meilleurs sermons et autres livres de morale, voilà ce qui la composera. Théobald dit qu'il fera les livres s'il ne les trouve pas tout faits. Dès demain il ira avec Émilie à la quête des écoliers. Le fils du maître d'école, jeune homme instruit et rangé, est l'instituteur qu'il leur destine. Théobald n'aura garde d'exiger qu'on n'envoie pas les autres enfants à l'école commune; mais il n'encouragera pas leurs études, et il favorisera au contraire leurs travaux ruraux ou mécaniques.

Que dites-vous, Monsieur l'abbé, de notre projet? Ne sommes-nous pas modestes, du moins? Nous ne prétendons pas, comme vous le voyez, fonder des nouvelles sciences sur de nouvelles bases, enseigner, par exemple, une nouvelle morale indépendante de la religion; nous ne pretendons pas recréer *ab ovo*[30] les têtes humaines. Contents de fournir quelques aliments à la pensée et de la guider plus ou moins dans son premier essort, nous la laisserons

---

[30]Latin «depuis le debut».

121

ensuite se conduire elle-même, et elle pourra s'égarer, se retrouver ou se perdre à son gré.

Ce 25 dec. 1794

LETTRE VI

Constance à l'Abbé de la Tour

Le cours a commencé. Nous avons quatorze garçons et trois filles. Ce qui a restreint le nombre des écoliers, c'est que Théobald n'a pas voulu d'enfants au-dessous de dix ans, ni au-dessus de quinze. Il a donné un adjoint à notre jeune maître. C'est un Hollandais, né en Nord-Hollande, sur les bords du Zuyderzée, dans un de ces villages où Descartes inspira le goût de l'algèbre et de la géométrie. Ce goût s'y est conservé. La plupart des maîtres d'école y enseignent les mathématiques; beaucoup de paysans les étudient et deviennent de bons calculateurs et d'habiles mécaniciens. Les disputes politiques ennuyaient depuis longtemps l'Archimède hollandais; la guerre l'étourdissait : sans attendre le siège, il a quitté Syracuse.[31] Par son moyen, nos enfants apprendront parfaitement l'arithmétique, et nous avons ajouté l'arpentage aux autres sciences dont nous essayons de les douer. Je vous entretiens de tout ceci, Monsieur l'abbé, avec une grande confiance. Vos idées, je le vois,

---

[31]Archimède (287–212 av. J.-C.), mathématicien et ingénieur grec, tué à Syracuse par l'armée romaine.

se portent sur des objets très semblables à ceux qui occupent les nôtres; vous vivez avec des gens instruits; j'en suis fort aise. S'il est douteux que l'instruction convienne aux classes laborieuses de la société, il me paraît bien certain qu'elle est nécessaire à la classe oisive.

Il me tarde que le comte revienne. Sa femme m'est à charge. Hors le roman du jour dont tout le monde parle, elle ne peut rien lire; hors quelques ouvrages de mode elle ne peut rien faire; hors quelques aventures amoureuses ou galantes, elle ne peut s'intéresser à rien. Joséphine, qu'elle dédaigne, est en effet trop bonne compagnie pour elle, et quand ce ne serait pas la situation qui leur est commune et qui la gène parce qu'elle forcerait la comtesse à faire asseoir devant elle la chambrière, je ne crois pas qu'elle en tirât plus de parti qu'elle ne fait. La sage-femme avec son caquet est de quelque ressource : elle a appris son métier dans des villages où la comtesse connaît beaucoup de gens et en raconte tant qu'on veut les histoires scandaleuses; mais de temps en temps on trouve qu'elle s'émancipe trop, qu'il n'y a point assez de dignité à se laisser amuser par une femme de cette espèce, et faisant rentrer la causeuse dans le néant, on n'a plus de société que l'ennui et l'humeur. Les lettres du comte ne sont guère satisfaisantes : une modique pension est tout ce qu'il se flatte d'obtenir. Seule, la comtesse aurait peine à se faire recevoir chez aucun de ses parents, et l'enfant qui naîtra double la difficulté.

Vous prévoyez avec plaisir, dites-vous, que Marat sera bientôt chassé du Panthéon français.[32] Pour moi, j'avoue que cela m'est assez égal, et me serait égal quand même je m'intéressais beaucoup aux autres choses qu'on fait et défait dans ce pays-là. Pourquoi un Panthéon? pourquoi des apothéoses?[33] Voltaire et Rousseau, à votre avis, ressemblent-ils à des dieux? Je comprendrais peut-être qu'un homme qui ne serait connu que par quelque action éclatante, un conquérant tel que Bacchus, apportant à ses sujets le cep et la vigne, parmi ses trophées; un Hercule, délivrant son pays de tyrans et autres monstres; je comprendrais, dis-je, comment la reconnaissance et l'admiration pourraient les déifier; leur vie privée, leurs actions journalières, leurs grandes prétentions, leurs petites querelles, ne viendraient pas, bien connues, bien appréciées, dénoncer l'homme et détruire le dieu. Mais Rousseau, mais Voltaire, n'ont-ils pas, comme on dit, donné leur mesure à tout le monde? L'un était le plus bel esprit, l'autre le plus admirable écrivain qui aient jamais été; mais loin qu'à mes yeux cela les divinise, je ne sais s'il n'y aurait pas dans l'esprit que l'un a prodigué, et dans les phrases que l'autre a si admirablement arrangées, quelque

---

[32]Jean-Paul Marat (1743–93), révolutionnaire. En 1794 ses restes furent placés dans le Panthéon; en 1795 ils furent déplacés. Eglise parisienne, modélé sur le Panthéon à Rome, où furent enterrés des souteneurs intellectuels de la révolution.
[33]Apothéose, induction au Panthéon.

chose qui pourrait nuire à la dignité d'un grand homme? Il est des hommes que, soit mérite éminent de leur part, soit illusion de la nôtre, nous sommes tentés de mettre dans notre estime au dessus de la condition humaine. Ces hommes ne seraient-ils pas, en quelque sorte, déparés par ce qui fait la gloire de ceux auxquels on prétend ériger des autels? Ils ont plus fait, ils ont moins dit et ne se sont pas piqués de si bien dire. Croirait-on louer Licurgue ou Solon, Épaminondas ou Germanicus, en disant qu'ils avaient beaucoup d'esprit et qu'ils écrivaient supérieurement bien?[34]

L'écrivain, le bel-esprit, se donne à mon gré trop de mouvement, se montre trop aux yeux de la multitude pour n'en pas perdre quelque chose de sa dignité, et Cicéron serait à mes yeux un grand homme si je ne connaissais de lui que son consulat. J'aime bien mieux qu'il ait été tout ce qu'il était : moi aussi je gagne à ce qu'on a fait pour le public et pour la gloire, car je suis une portion du public, et l'on recherche mon suffrage quand on prétend aux suffrages de tous; mais qu'on ne demande pas pour ceux qui l'ont recherché un culte que je ne puis leur rendre; en général, qu'on ne demande pas pour soi ni pour autrui l'oubli des bornes de toute perfection humaine. Quoique l'exagération publie, de

---

[34]Jesus-Christ a fait peu de longs discours, et n'a dicté ni les Évangiles ni les Épîtres. [Du texte original.] Lycurgue, nom de l'auteur peut-être mythique de la constitution de Sparte. Solon a donné à l'Athène classique une constitution democratique. Épaminondas, général dans l'armée de Thèbes, fu connu comme tacticien. Germanicus, neveu de l'empereur Tiberius, général dans l'armée romaine.

quelque orgueil qu'on se gonfle, je vois des erreurs avec des clartés, de la faiblesse avec de la force, et la vaine enflure que l'on prête aux objets ne me dispose que davantage à chercher et à mesurer au juste leur véritable grandeur.

Ce 28 décembre 1794

Lettre VII

Constance à l'Abbé de la Tour

Déjà des difficultés, des peines, ou du moins des rabat-joie dans notre établissement. Qu'on se flatte de recommencer la société toute entière, quand on ne peut seulement établir comme on le voudrait une école à Altendorf. Le premier jour de l'an, Théobald, recevant à la place de son père, les compliments de nos notables, vit dans la physionomie de l'un d'eux des marques de chagrin. Il lui en demanda la cause, et apprit que, les enfants de cet homme ayant tous plus de quinze ans, on ne participait point chez lui au bienfait de la nouvelle institution, et qu'il en était désolé. Théobald a demandé s'il y avait d'autres pères qui fussent dans le même cas : on lui a répondu qu'il y en avait dix, et qu'ils avaient délibéré de venir faire une humble représentation à leur jeune seigneur, et le supplier d'admettre au cours un de leurs enfants, soit le plus jeune, intelligent ou non, soit celui d'entre eux qui aurait le plus d'aptitude, comme dans les familles où les enfants avaient l'âge requis.

penchants opposés! Ici la révolte est sanctifiée, là c'est la soumission; et l'inconséquence elle-même, si elle ne peut citer une éloquente page où elle soit érigée en vertu, trouvera du mois à s'étayer d'un grand exemple.

Une autre question intéressante à laquelle vous penserez, et à laquelle j'avoue n'avoir pas pensé d'abord, c'est le bien ou le mal que peuvent faire à un peuple l'hommage qu'on les accoutumerait à rendre à certains hommes. Mais ici la question ne m'effraie point : je me prononce hautement contre de pareils hommages. Les saints du calendrier ne font plus ni bien ni mal, et je voudrais qu'on les laissât en repos; mais il me semble qu'on devrait se faire scrupule de préparer à l'esprit humain une éternité d'enfance : certainement ceux qui vont renouvelant sans cesse ses poupées ne veulent pas qu'il sorte jamais de tutelle. Le clergé philosophe est aussi clergé qu'un autre, et ce n'était pas la peine de chasser le curé de Saint Sulpice pour sacrer les prêtres du Panthéon.

Ce 5 janvier 1795

Lettre VIII

Constance à l'Abbé de la Tour

En voici bien d'un autre! Le Hollandais est athée. Ce matin, sur la fin de la leçon, les plus jeunes écoliers s'en allaient déjà avec le maître allemand; les plus âgés restaient; et l'aîné de tous, charmé du maître batave et ne le quittant qu'à regret, s'est avisé, comme pour avoir encore quelque sujet d'entretien avec lui, de lui demander quelle était sa religion?

«Aucune», a repondu froidement le mathématicien, et il s'en est allé.

«Aucune! Aucune!» a été répété par toutes les bouches comme par autant d'échos; mais nos petits échos ajoutaient au mot répété l'accent de la surprise et d'une sorte de consternation. Heureusement Théobald était là et j'étais avec lui. Il a dit que cela voulait dire seulement que leur maître n'était ni catholique romain, ni luthérien, ni calviniste, ce qui n'avait rien d'étonnant puisqu'on professait en Hollande plusieurs autres croyances; mais que cela ne laisserait pas, si on le savait, de le rendre désagréable à beaucoup de gens, qui veulent qu'on ait une religion qu'ils connaissent.

«Voudriez-vous perdre votre leçon d'arithmétique ou d'algèbre?» a-t-il ajouté.

«Non, non», ont repondu les enfants.

«Eh bien, il faut vous taire scrupuleusement», a dit Théobald. «Si vous dites un seul mot de la déclaration de votre maître, on aura avec lui des procédés malhonnêtes, et certainement il quittera Altendorf.»

En même temps il a promis des ardoises, du papier, des crayons, des écritoires, si le secret était gardé et que les leçons de géométrie et de calcul continuassent; et moi, à qui il avait tout raconté en français, j'ai mis le doigt sur ma bouche en signe de discrétion, et cela d'un air si grave et si solennel que la confrérie du secret, composée de trois garçons et deux filles, en a reçu une nouvelle injonction de le garder.

Sera-t-il gardé ce secret? Tous l'ont promis : trois garçons et deux filles, de treize, quatorze et quinze ans! Tous, dis-je, l'ont promis, exigeant cette promesse les uns des autres. Théobald est allé parler à l'instituteur, et lui a dit de quelle importance il était de se taire s'il voulait vivre ici en repos et conserver un établissement qui paraissait lui convenir.

«Je ne suis pas bavard», a-t-il répondu; «ce n'est guère le défaut des gens de mon pays, et si l'on ne me demande rien, je ne dirai rien.» On n'en a pu tirer autre chose. Supposé donc qu'on lui fasse la même question que ce matin, il ne manquera pas de faire la même réponse. Alors, que de bruit! Les parents croiront leurs enfants souillés, pervertis, damnés, pour avoir appris d'un homme sans religion que deux et deux font quatre. Auprès de la moitié du public, Théobald, en le renvoyant, n'expiera qu'imparfaitement son imprudence; l'autre moitié criera à la superstition, à la barbarie, et les Bayles futurs, dans leurs dictionnaires, mettront *Jan Praal* au nombre des philosophes persécutés, et *Théobald Altendorf* sur la liste des persécuteurs fanatiques.[37]

Traitons un autre sujet, Monsieur l'abbé; celui-ci est déplaisant.

---

[37]Pierre Bayle (1647–1706), écrivain et ami des savants.

Je vous parlais, il y a huit jours, de la disproportion que je trouvais entre certains hommes et les honneurs qu'on leur décerne. J'y ai pensé bien souvent depuis : à mon avis, toute disproportion de ce genre est choquante, et la modestie me paraît être bienséante et nécessaire partout. On cherchait, on demandait à Cambrai l'église et la chapelle ou était déposé le corps de Fénélon, et l'on s'en approchait avec respect, on s'y recueillait avec une sorte de dévotion. Je ne me souviens pas si j'y ai vu son buste. Je pensais, en regardant la pierre qui le couvre, à ses vertus, à sa douceur, à lui, à son élève.[38] On va voir à Strasbourg le monument du Maréchal de Saxe. Quand il serait mieux ordonné qu'il ne l'est, je l'aurais trouvé trop grand, trop bruyant, pour ainsi dire. Ce n'était pourtant qu'un homme : voilà ce que l'on pense on voyant ce fracas. Mais ce ne sont pas seulement des monuments funèbres trop superbes qui rapetissent en quelque sorte ceux auxquels on les érige : un homme, un prince vivant, m'a toujours paru petit dans un vaste palais. Je pense qu'au milieu de leur faste les princes asiatiques se seraient montrés avec tant de désavantage que c'était un motif de plus pour se cacher. Alors, si ne les voyant pas l'on jugeait d'eux par leur demeure, ils devaient en imposer beaucoup. Trop de simplicité nuirait peut-être au respect du vulgaire; trop de faste nuit à toute

---

[38]L'élève est le Duc de Bourgogne, petit-fils de Louis XV de France. Fénélon écrivit *Télémaque* pour lui.

espèce de respect. Le fastueux, que le sort ou notre imagination dépouille de ce qui l'entoure, devient ridicule : c'est
un roi de théâtre déshabillé. Peut-être ne fait-on pas assez d'attention aux effets nécessaires, immanquables, plus
physiques que dépendants de la réflexion, du rapprochement de certains objets. Il me semble qu'on se sent triste
dans une vaste forêt, quand même on ne peut y avoir
peur. Ces arbres sont si hauts, et quoiqu'ils aient beaucoup
vécu, ils vivront encore tant d'années! Pour nous, nous
ne pouvons atteindre qu'à leurs branches les plus basses;
notre automne, notre hiver va venir, et il ne reviendra
point de printemps; nous n'avons que quelques instants
à vivre. Dans un temple aussi, dans un temple grand et
majestueux, l'homme se perd en quelque sorte, et péné-
tré de son néant, il s'effraie—et s'humilie devant l'invi-
sible divinité. À la vérité, toute impression de cette espèce
s'affaiblit peu à peu. Rien n'étonne toujours, rien même
ne frappe longtemps. *L'accoutumance enfin nous rend tout
familier.* Les organes aussi ne sont pas également sensibles
chez tout le monde. Quant à moi, à moins que je ne lise ou
n'écrive, je n'ai pas les mêmes pensées dans un salon fort
exhaussé que dans un cabinet d'entresol, dans un grand
bois que dans un petit jardin, à Vincennes qu'à Trianon,
et je me suis imaginée qu'un enfant élevé dans la rue Saint
Honoré ne ressemblerait pas au même enfant élevé près
de la Sorbonne. Peut-être me trompé-je; mais ceux qui
comptent pour rien ce que j'exagère se trompent aussi.

133

Hier nous parcourûmes les voyages d'Arthur Young.[39] Il trouvait mauvais que les plus beaux des anciens châteaux de France *eussent vue* sur des toits; j'ai trouvé bien plus mauvais que de magnifiques châteaux modernes, châteaux d'intendants, d'évêques, de financiers, *fussent vus* si près des plus misérables cabanes. Voilà bien la plus choquante de toutes les disproportions. Comment ne craignait-on pas l'effet de ces comparaisons que l'on provoquait? Je trouvais dans un rapprochement si monstrueux le goût choqué, le cœur blessé, la turpitude de mœurs et du gouvernement mis à nu. Quelqu'un disait à un nouveau riche : «Vous soupez bien et donnez souvent à souper à vos amis : c'est fort bien fait; mais par égard pour vos voisins, mettez une sourdine à votre tourne-broche.» Je ne crois pas que le nivellement des fortunes soit possible, et je conviens sans détour que je suis fort éloignée de le désirer; mais j'espère que partout on va épargner le bruit du tourne-broche à celui qui ne devra pas manger du rôti. J'espère que partout chacun voilera son luxe : la prudence le veut. La générosité exige davantage, elle veut qu'on diminue le luxe privé, les jouissance égoïstes, et que les grandes fortunes se popularisent. Riches, si vous voulez qu'on vous pardonne vos richesses, ne vous contentez pas d'être charitables : soyez généreux. Il est difficile de donner le bonheur, mais facile de donner quelque plaisir. Amusez le pauvre, partagez

---

[39]Arthur Young (1741–1820) écrivain anglais, qui publia son *Travels in France* en 1792.

avec lui vos amusements : en hiver, ayez pour lui, s'il se peut, quelque spectacle qui l'égaye; en été, des bains qui le rafraîchissent, des promenades qui le récréent. Ainsi, vous étoufferez dans son âme la réflexion triste et envieuse, et jamais il ne songera à vous arracher une fortune à laquelle il devra quelques fleurs dont sa pénible carrière se trouvera semée.

Ce 19 janvier 1795

Lettre IX

Constance à l'Abbé de la Tour

Vous croyez donc qu'on ne peut se passer d'idoles, et vous consentez qu'on honore en Voltaire la tolérance qu'il a prêchée et inspirée; en Rousseau, les vertus domestiques qu'il a enseignées et rendues si touchantes et si belles! Si cela se pouvait, j'y consentirais peut-être aussi. Je conviens que chez les peuples où il n'y a point de fêtes religieuses, ni pour ainsi dire de culte extérieur, il y a beaucoup de songe-creux qui tombent, les uns dans la mysticité, d'autres dans un inquiet scepticisme, et que si l'on y est un peu plus raisonnable, on y est beaucoup plus triste qu'ailleurs. Il est en toute chose du pour et du contre, et j'ai d'autant moins le cœur à la dispute que je vois tous les jours des raisons de douter de ce que j'avais cru indubitable; mais quant à Rousseau et Voltaire, prenez-en votre parti : tous les saints de la légende seraient décanonisés que ces nouveaux demi-dieux n'en réussiront pas davantage. On peut dire du demi-dieu comme du grand homme qu'il n'en est point pour son valet de chambre : or tous les lecteurs sont les valets de chambre de ces gens-ci.

Je le répète : tous les jours, après avoir soutenu une opinion j'en prends une autre, et je finis par n'en avoir aucune. Les républiques, au moins celles qui ne sont pas infiniment grandes, me plaisaient beaucoup, et je redoutais la volonté d'un seul : eh bien, je vois distinctement que tout ce qui n'est pas conçu et ordonné par un seul, puis exécuté avec une obéissance implicite et servile, va tout de travers. Quand plusieurs personnes ont en commun, ou tour à tour, l'initiative des projets, aucune d'elles n'affectionne le projet, qui n'est pas précisément le sien; souvent on le comprend mal, on l'adopte toujours froidement, l'exécution en est lente et imparfaite. Voyez une maison particulière, une maison de commerce, une manufacture, un vaisseau, une flotte, une armée : tout prouve ce que j'avance. Voyez l'univers : plusieurs dieux ne pourraient ni l'avoir fait ni le gouverner. En conclurai-je qu'il faut absolument dans un état un maître unique qui, voulant tout ce qui est bon, puisse faire tout ce qu'il veut? Oh! je ne vois point d'inconvénient à le décider. Mais où trouver un maître, un roi, tel que je le demande? Et puis ses ministres! Et puis son successeur!... Plus on y pense, plus ce gouvernement, le seul qui soit susceptible d'être vraiment bon, fera peur, tant il aura de manières et de moyens de devenir détestable.

Voici un autre sujet de douter. Quelque chose va mal, je suppose, dans cette maison-ci ou dans cette terre, certains abus se sont glissés dans la répartition des travaux ou des redevances, faut-il changer cela tout d'un coup, dût-on mécontenter ceux qui souffriraient du redressement beaucoup plus encore qu'on ne pourrait réjouir ceux qui y gagneraient? J'étais tentée de dire non : n'excitez pas ce grand mouvement dans les esprits; n'essayez d'arriver au mieux possible que par degrés; il faut se contenter de louvoyer, comme dit le sage Malesherbes en parlant de certain édit sur les protestants.»[40]

«Eh mon Dieu, quel exemple!» s'écria Théobald. «L'édit en question, qu'on avait fait en attendant mieux, a pesé sur les protestants tout près d'un siécle. Il ne faut louvoyer que quand on est assuré de gouverner assez longtemps le vaisseau, pour pouvoir changer à propos sa direction; autrement

---

[40]L'expression, attribuée à Chrétien de Lamoignon de Malesherbes (1721–94), grand magistrat et ministre, est devenue proverbiale. Il s'agit de l'édit de Nantes, qui avait spécifié les droits et lieux de sûreté des Huguenots; promulgué par Henri IV en 1598 afin de rétablir la paix religieuse, il fut révoqué par Louis XIV en 1685. Trouvant peu pratique de chercher à faire restaurer l'Édit sous les successeurs de Louis XIV, Malesherbes n'en favorisait pas moins des mesures accordant aux protestants un état civil qui ferait reconnaître leurs mariages.

on risque de le faire aller à mille lieues du port, et peut-être ira-t-il échouer contre un roc ou se perdre dans des sables.»

Oui, c'est vrai, allais-je dire; il ne faut pas se contenter de louvoyer, il faut à force de voiles et de rames aller droit au but, fût-ce contre les vagues impétueuses de la grosse mer. Mais mon esprit s'est porté sans dessein sur la France, sur le monde et je me suis arrêtée, et j'ai douté, et j'ai béni mon destin de n'avoir à conduire qu'une petite nacelle, et en la conduisant mal de ne pouvoir noyer que moi. Les intrigants moins timorés se jouent des empires et des peuples. Que je hais leur dangereuse audace! Que je méprise ces âmes vides au-dedans et cherchant toute leur existence hors d'elles-mêmes! Leurs bonnes intentions ne sont qu'inquiétude, et leur bienfaisance n'est que vanité.

Il a passé ici plusieurs emigrés français venant de Hollande. Joséphine, qui va et vient encore, rencontra hier une femme grosse qui paraissait très fatiguée : elle la mena chez son beau-père, puis vint demander la permission de lui offrir un lit pour la nuit qui approchait. Émilie et moi nous ramenâmes Joséphine, et restâmes tout le soir avec l'emigrée, qui se trouva être une femme de très bonne compagnie. Madame de Horst y était; elle se plaignait de son état, de son ennui.

«Et moi, suis-je sur des roses!» dit l'emigrée en souriant.

Madame de Horst fut la seule qui ne l'entendit pas.

Eh bien, voilà une obligation que les gens sensibles et judicieux ont au deuil qui couvre l'Europe : ils rougiraient de parler de leurs pertes particulières; ils dissimulent des maux légers et de petites humiliations. Depuis plus de trois ans, je vois, j'entends Gatimosin partout,[41] et la plainte commencée meurt sur mes lèvres, et dans le silence auquel je me force, mon âme se raffermit.

Émilie protège la comtesse; elle prétend n'avoir que si peu de mérite par-dessus elle, et en revanche tant de bonheur, qu'il serait barbare de la négliger. Théobald l'a pourtant priée de lui faire grâce de cette comparaison.

Je parlais l'autre jour de Paris, et me rappelais ce qu'à-propos du goût vous aviez dit de ses édifices. À quoi bon, M. l'abbé, les faire plus majestueux et y mettre plus d'unité et d'ensemble? Le fripier, le perruquier, le marchand d'estampes, s'en empareraient-ils moins de la colonne, de l'architrave et du fronton? Ces soubassements, garants trompeurs d'une grande solidité, et que l'on fait même trop hauts pour la colonnade qu'ils soutiennent, en seraient-ils moins minés et percés à jour par des peuplades entières d'habitants? Un temps était où je trouvais tout cela plus gai, plus agréable,

---

[41]«Guatimozin ou Cuauhtemotzin ou Guauhtemoc, 'l'Aigle qui tombe', (vers 1502–1525), dernier empereur des Aztèques qui résista héroïquement à l'armée de Cortez. Les Espagnols étendirent, lui et son ministre, sur des charbons ardents pour leur faire révéler où les trésors de l'empereur étaient cachés. D'un regard son ministre lui demanda la permission de révéler le secret aux bourreaux. La réponse de l'empereur, devenue célèbre par la suite, 'Et moi, suis-je sur un lit de roses?' rappela au ministre qu'il n'était pas seul à souffrir» (Charrière 769n44).

plus beau même que n'eussent été des édifices plus parfaits et plus respectés. La tête vivante d'un enfant, un oiseau sautant dans sa cage, une fleur, un branchage vert me paraissaient des décorations préférables à un triglyphe, un mufle, une rosette, une feuille d'acanthe taillés par la main du sculpteur. «C'est ainsi qu'est la nature», me disais-je. «Dans le tronc d'un vieux arbre, l'abeille trouve une ruche; dans son feuillage, la fauvette fait son nid. L'âme, la vie industrieuse et empressée se glisse partout. Regardez l'air, il vit; la terre, elle respire. Remuez, retournez cette vieille pierre, vous la verrez couverte d'êtres vivants... Mais, ô Ciel! que de guêpes, de rats, de serpents, sortent de leurs repaires!» Je les ai vus prêts à se jeter sur moi; j'ai fui, dégoûtée autant qu'effrayée.

Ce 23 janvier 1795

P. S. Il me semble que beaucoup de choses s'expliquent par l'immense population de Paris. Il y était plus intéressant qu'ailleurs de se tirer de la foule dont on courait risque d'être écrasé : de-là tant d'âpreté à la poursuite de la fortune et des distinctions. Il y était plus facile qu'ailleurs de se cacher dans la foule : de là si peu de crainte du blâme et de la honte. «Si je ne réussis pas à pouvoir briller», se disait-on, «je ferai en sorte de n'être pas aperçu.»

Lettre X

Émilie à l'Abbé de la Tour

Je suis chargée, M. l'abbé, de vous apprendre un événement fort étrange. Constance n'a pas le temps de vous le mander, et ne veut pas que vous l'ignoriez quatre jours de plus que vous n'y êtes condamné par la distance où vous êtes; c'est un vol, dit-elle, qu'on vous ferait...

(Théobald continue)

Émilie vous fait trop languir. Deux petits garçons, l'un très noble, l'autre tres rôturier, ont été si bien mêlés et confondus que jamais il ne sera possible de dire : «Voilà le fils du comte et de la Comtesse de Horst; voilà celui de Henri et de Joséphine.»

(Émilie reprend)

Je vous raconterai comment cela est arrivé. La comtesse, qui souffrait depuis deux ou trois jours, sentit hier vers le soir des douleurs fort vives. Joséphine se trouvait par hasard dans sa chambre, et a voulu appeler bien vite la sage-femme qui était dans l'autre habitation. Vous connaissez les marches qu'il faut descendre : elle est tombée, et sa chute a sans doute accéléré le moment de ses propres douleurs. Deux heures après, la comtesse est accouchée d'un fils que la sage-femme, pressée d'aller auprès de Joséphine, s'est contentée d'envelopper dans des linges et des couvertures préparées pour cela; puis elle l'a posé sur un lit de repos, défendant à Mme Lacroix, qui était là, de le toucher en aucune manière; et dès que la comtesse a été arrangée dans son lit, elle a couru à Joséphine, qu'elle a délivrée aussitôt. Des langes et des couvertures semblables à celles qui enveloppaient l'autre petit garçon ont été jetées autour de celui-ci; et comme la sage-femme trouvait la chambre de Joséphine moins chaude que celle de la comtesse et que l'air était très froid, elle a aussitôt porté cet enfant auprès de l'autre, ordonnant expressément qu'on ne les découvrît, qu'on ne les touchât pas; alors elle est retournée auprès de Joséphine et lui a rendu les soins nécessaires. Sur ces entrefaites le comte est arrivé de voyage, et sachant que sa femme venait d'accoucher, il est entré bien doucement dans sa chambre. Comme elle ne parlait pas, il a cru qu'elle dormait, et n'a osé lui parler; mais ayant aperçu un enfant, il l'a pris; puis un autre enfant, il l'a pris aussi, les reposant et les reprenant tour à tour et au hasard, et dérangeant ce qui les couvrait, sans faire aucune attention à la manière dont ils avaient été placés.

«Elle en a donc fait deux?» a-t-il dit tout bas à Mathilde, qui était près du lit de la comtesse.

Celle-ci, qui ne dormait pas, a dit : «Non, assurément; un est déjà trop, et fût-ce un ange que j'eusse mis au monde, la douleur en passe le plaisir. Mais donnez-moi mon fils, que je le voie.»

«Lequel des deux est le vôtre?» a dit le comte.

Vous devinez le reste. Au milieu des cris, des pleurs, des évanouissements de la comtesse, la sage-femme disait, «Pourquoi le toucher? Je savais comment je les avais posés, l'un au pied du lit, l'autre à la tête.» L'excuse du comte était toute simple; celle de Mathilde était prise dans le respect qui lui fermait la bouche. Comment oser dire à M. le comte qu'il ne fallait pas toucher ces enfants? Je pense que tout le blâme du *qui pro quo* tombera sur Constance et sur moi, qui n'avons mis aucune différence entre les langes de l'enfant de qualité et ceux de l'autre enfant.

Constance a passé la nuit auprès de la comtesse et a pleuré avec elle. Théobald y est allé ce matin et elle a ri avec lui.

(*Théobald continue*)

Oui, elle a ri, j'ai ri, Héraclite aurait rit.[42] Eh, le moyen de ne pas rire en imaginant les effets bizarres, les embarras ridicules qui naîtront de cet inextricable imbroglio! *Qui pro quo*,[43] n'en déplaise à ma femme, n'est pas le mot.

---

[42]Héraclite (535–475 av. J.-C.) philosophe grec, dont les phrases qui nous restent sont sombres et sérieux.

[43]Ici Théobald joue sur les mots latins, «quid pro quo», signifiant, «quelque chose pour quelque chose.» «Qui pro quo» signifie, «quelqu'un pour quelqu'un.»

Qui et *qui* (car ici nous parlons latin) ne sont pas pris l'un pour l'autre, ne prennent pas la place l'un de l'autre : ils entrent tous deux dans le monde de front, et sans qu'on puisse même placer l'un à gauche et l'autre à droite. Jamais il n'y eut d'égalité pareille, malgré ce que bien des gens appellent une grande inégalité.

On croit que le chagrin empêchera qu'il ne vienne du lait à la comtesse, mais Joséphine en a déjà; déjà elle a fait téter les enfants, et elle a dit que s'il lui vient du lait en abondance, comme elle s'en flatte, elle demandera à les nourrir tous deux. Le comte le sait et en est touché. Sa femme seule se désole et tient des propos dignes de son mauvais sens. On lui parle comme à un enfant sot et ridicule. «Le plus beau», disent les commères du village, «sera sûrement le vôtre : laissez faire, dans quelques mois on reconnaîtra la petite Excellence à sa bonne mine.» Il a été fait mention aussi de la force du sang. «Le sang parlera», disent les plus pédantes de nos matrones. Jusqu'ici le sang n'a dit mot au cœur de la comtesse. Elle a voulu que j'entrasse chez elle pour recevoir ses doléances, et se faisant donner les deux enfants : «Voyez», disait-elle, «comme celui-là tord la bouche, ce ne peut être mon fils; mais l'autre crie : quelle voix aigre! Mon fils ne crierait pas comme cela.»

Je les ai portés à Joséphine, qui leur a tendu des bras de mère. «Mon Dieu!» m'a-t-elle dit, «je crois qu'ils sont à moi tous deux.» Ils seront baptisés l'un comme l'autre. Théobald, Alexandre, Henri; né de..., puis les noms des quatre pères et mères. Ma mère veut les élever. Pour le reste, la chambre de Wezlar en fera ce qu'il lui plaira.[44]

Ce 30 janvier 1795

Lettre XI

Constance à l'Abbé de la Tour

La comtesse se distrait, se console, prend soin de sa taille et de ses cheveux, et croit n'avoir point d'enfant. Joséphine a deux enfants, qu'elle soigne et nourrit avec une tendresse égale.

C'est tout de bon que Mme d'Altendorf les adopte. Dès que Joséphine cessera d'être leur nourrice, Mme Hotz sera leur bonne. «Émilie», dit Mme d'Altendorf, «aura, j'espère, ses propres enfants à élever, et ne devra pas être contrariée, comme il arrive trop souvent, par la faiblesse d'une grand-mère. Il est bon, par conséquent, que cette grand-mère soit occupée d'un autre soin. D'ailleurs, le gouvernement de la maison va bientôt regarder Émilie, et il faut que Joséphine l'y puisse aider : c'est donc à moi et à Mme Hotz que l'éducation de ces deux équivoques enfants est dévolue. Je me charge de les mettre en état de vivre de leurs talents ou de leur travail, et s'ils n'ont ni talent ni activité, de leurs rentes.»

---

[44] La Chambre impériale de Wezlar était le chef-lieu de l'Empire.

Voilà un arrangement aussi raisonnable que généreux, et en voici la petite pièce.[45] Deux jumeaux sont nés l'avant-dernière nuit, et leur mère est morte en couche; l'un est un garçon, l'autre une fille; leurs parents sont dans un dénuement total. Je les ai donnés à nourir à une femme qui demeure avec son mari dans une maison écartée, et je lui paierai une fois plus d'argent qu'elle n'en demandait, à condition qu'on appelle *Charlotte* le garçon baptisé *Charles,* et *vice versa*, les habillant précisément l'un comme l'autre. Ces gens étaient Moraves et se sont lassés du gouvernement des Moraves, mais non de la simplicité et de l'austérité de leurs mœurs; ils vivent presque seuls. La femme file, coud, tricote; le mari laboure et fait des ouvrages de menuiserie. Nous verrons si la vraie Charlotte tricotera, sera fine et gentille, coquette et caressante; si le vrai Charles prendra le rabot et le hoyau, s'il sera franc, brave, un peu brutal et fort batailleur. Je compte qu'ils pourront vivre jusqu'à l'âge de douze ou quatorze ans sans se douter de rien; et si le garçon alors a l'esprit et l'humeur d'une fille, la fille l'humeur et l'esprit d'un garçon, je le fais savoir partout, et j'espère qu'on en dira beaucoup de pauvretés de moins sur les caractères essentiellement différents et les facultés distinctives des deux sexes. Adieu notre exclusive délicatesse d'imagination, nos lumineux aperçus et ces saillies si

---

[45]C'est à dire, un codicille.

146

heureuses qu'elles atteignent aussi haut que les plus sublimes efforts de la raison : nous serons d'autant moins dispensées de raisonner que nous n'en serons plus jugées incapables. Je n'ai jamais eu foi à nos privilèges ni à nos désavantages naturels, et mille fois j'ai cru avoir démontré la fausseté des uns et des autres, en faisant remarquer à chacun qu'il connaissait au moins une femme qui avait plus de force de raison, et une autre qui avait moins de délicatesse d'esprit que tel homme faible, que tel homme délicat de sa connaissance. Cela devait suffire, et il devait être prouvé pour chacun qu'il n'y avait rien dans la qualité d'homme et de femme qui déterminât quoi que ce soit relativement à nos facultés intellectuelles. Mais à un argument sans réplique on ne laisse pas d'avoir mille choses à répliquer, et à la fin, pour argument dernier, on en vient à vous dire que cette différence (prétendue) entre le caractère de l'homme et de la femme est un bienfait de la nature.—Toute femme que je sois, je ne me laisse pas persuader un fait par l'utilité dont il pourrait être.

A propos, ce n'est pas avec notre Batave qu'on aura besoin d'ajouter rien à un argument concluant : il ne permet pas qu'on s'arrête un instant à chercher de nouvelles preuves de ce qui est prouvé. Lorsqu'une proposition d'Euclide vient d'être démontrée : «Avez-vous compris?» dira-t-il à chaque écolier; si l'on dit «Non», il recommence; si «Oui», on passe aussitôt à autre chose; et ne pensez pas que ce soit pour les seules mathématiques, c'est sur tous les objets et dans toutes les affaires qu'il en use ainsi. Hier un de ses écoliers voulant chercher une seconde fois sur une table ce qu'il n'y avait pu trouver une première, il l'arrêta net.

«Avez-vous cherché attentivement ou avec distraction?»

«Attentivement.»

«Avez-vous acquis quelque nouveau sens depuis cette recherche?»

«Non.»

«Eh bien, c'est une chose faite; si vous cherchez une seconde fois, rien n'empêche que vous ne cherchiez une troisième, une quatrième et tout votre vie.»

Hier aussi un enfant, ayant dit à d'autres qu'il avait soufflé un vent du Nord, montra de la neige jetée du nord au midi, et voyant que l'on n'était pas persuadé, il cherchait d'autres preuves.

«Finissez», lui dit le maître, «avec ceux qui se refusent à l'évidence, il ne faut point argumenter.»

Ce matin, en entrant à l'orangerie, on a vu sur la terre d'une caisse d'oranger des traces de souris : «Allez vite», a dit le maître, «allez avant que la leçon commence demander au jardinier des trappes que nous poserons tout à l'heure.»

Le petit garçon cherchait, chemin faisant, d'autres traces de souris, et en marchait moins vite : «Allez donc», lui a crié le maître, «j'ai bien peur que vous ne soyez un sot, car le plus petit bout d'oreille prouve l'âne aussi bien que le corps de l'animal tout entier.»

En sortant de l'orangerie, nous avons vu que le vent avait ébranlé une petite maison de bois où l'on tient du charbon.

«Il faut étayer ceci», a dit le Hollandais : «vite, qu'on aille chercher des poutres et des pierres.»

Les poutres ont été appuyées contre la maisonnette, les pierres ont affermi les poutres. «Voilà qui est bien solide à présent», a dit le plus intelligent des jeunes ouvriers, et en même temps il est allé chercher encore quelques pierres.

«Que faites-vous?» a dit le maître.

«C'est pour plus de sûreté.»

«Allez remportez cela tout de suite; en toute chose plus qu'assez est trop.»

Que dites-vous, M. l'abbé, de ce laconisme? Il fait main basse sur beaucoup d'inutiles longueurs, il gagne du temps, et resserrant la pensée, il la rend plus distincte : mais n'aurait-il point quelque chose de téméraire et de trop tranchant? Savons-nous bien si assez est assez? si le bout d'oreille qui nous paraît d'un âne n'est pas d'un mulet? Le proverbe qui dit : «Deux sûretés valent mieux qu'une» n'aurait-il pas plus de sagesse et ne conviendrait-il pas mieux à l'imperfection des facultés humaines?

(Théobald continue)

J'avoue que cet Hollandais m'en impose et m'amuse; mais je tremble de l'effet que cet homme pourra produire sur les esprits de la *Confrérie du secret*, comme l'appelle Mme de Vaucourt. Il parle mal, mais point gauchement, notre langue, et il semble que sa dure énergie fasse plus d'impression au moyen de ce langage bizarre que s'il s'exprimait comme ces enfants entendent que chacun s'exprime. On l'écoute vraiment comme un oracle, et je doute que ceux qui savent qu'il n'a point de religion en veuillent avoir une. Ils seront incrédules par fanatisme, et à force de croire en *Jan Praal*, ils refuseront de croire en Dieu. L'homme est si singe! Il semble qu'on ne connaisse la raison qu'autant qu'il le faut pour en parler, et point comme il le faudrait pour se laisser guider par elle.

Nous sommes fort en goût de métaphysique expérimentale. D'abord les deux petits Théobald, car mon nom étant neutre, on l'a préféré, pour l'usage, à ceux des deux pères : on verra si, élevés l'un comme l'autre, quelque chose annonce chez l'un la noblesse, et décèle chez l'autre la roture. Voilà une expérience forcée, et la chose, selon moi, n'avait pas besoin d'éclaircissements *ad hoc*; on sait ce qui en est. Puis les deux jumeaux : on verra si, élevés de la même manière, mais sous une dénomination qui les puisse tromper à un certain point, et donner à leurs esprits une direction contraire à la direction accoutumée, on verra, dis-je, s'ils démentent les opinions reçues. Je pense que non, Constance pense que oui. C'est ici un véritable *qui pro quo*, arrangé tout exprès pour faire une expérience. Mais ces expériences sur l'enfance ne nous suffisant pas, nous en avons entrepris deux sur l'âge mur. La première est de l'invention d'Émilie. Un homme originaire d'Altendorf, né à Berlin, valet de chambre dans sa jeunesse d'un homme en place, puis précepteur d'un prince, puis mari d'une comédienne française, puis c...[46] et maître de langues, puis ivrogne et mendiant, vient d'arriver, apportant des preuves de son origine altendorfienne : son inconduite et sa pauvreté n'ont malheureusement pas besoin de preuves.

«Qu'il se fasse cordonnier», a dit ma femme.

«Mais il a quarante-cinq ans au moins.»

«N'importe. Helvétius soutient, dites-vous, qu'on peut deviner tout ce qu'on veut, pourvu que l'on ait des motifs suffisants.»

«Oui, de jeunes gens.»

«Il se fond sur la parité qu'il y a entre le cerveau et les sens du sot et de l'homme habile; or cet homme-ci a la vue fort bonne, il n'est ni imbécile ni paralytique, c'est tout ce qu'il faut; et quant au motif suffisant, vous trouverez bon que je le lui fournisse, en payant sa pension pendant son apprentissage, et une provision de cuir, s'il me fait dans un an, tout juste, une excellente paire de souliers.»

«À la bonne heure, Émilie.»

Et l'ex-demi-littérateur rhabillé et restauré est établi déjà chez un fort bon cordonnier du village. Mon père a trouvé cet arrangement si plaisant qu'il en a fait un tout

---

[46]«Cocu comme on le trouve dans l'édition de 1797» (Charrière 769n50).

151

semblable pour un valet de brasserie, de même âge que le littérateur, invalide et dans la même position, mais si peu littérateur qu'il ne connaît pas les lettres de l'alphabet. Celui-ci, renfermé dans une chambre pendant un an (s'il était libre il irait boire), doit y apprendre à lire et à écrire, avec promesse, s'il réussit, d'avoir un petit emploi qui lui donnera du pain pour le reste de ses jours. Émilie triomphe d'avance avec mon père d'un succès qui me paraît encore fort douteux. «Qu'on ne vienne plus nous dire», s'écriait-elle tout à l'heure : *«je suis trop vieux pour me corriger, je suis trop vieux pour m'instruire.»*

Mme de Vaucourt vous a parlé de nos établissements, de mes projets, qu'elle seconde avec zèle, quoiqu'elle croie peu à leur utilité; elle vous a dit que je chercherais des livres, et qu'en un besoin j'en ferais, pour le peuple d'Altendorf. Je serais bien aise que les meilleurs esprits de l'Allemagne m'aidassent dans ce dessein, et le rendissent utile et précieux à l'Allemagne entière. Déjà je me suis occupé de tout ceci; j'ai commencé le travail, j'ai ébauché l'invitation projetée, et j'enverrai à un libraire d'Altona ce qui suit, pour être publié incessament.

Dictionnaire politique, moral et rural; ou explication par ordre alphabétique des termes les plus usités

NOTA BENE. *Une feuille in-4°, semblable à celle-ci, paraîtra gratis tous les dimanches matin chez les principaux libraires d'Allemagne. Il s'en imprimera cinq cent exemplaires, et nous comptons avec joie sur les contrefaçons.* Suivra l'invitation aux bons esprits germains de m'aider à exécuter mon projet : mais sous la réserve expresse que je pourrai, non altérer ce qu'on m'enverra, mais le simplifier, l'abréger et même le supprimer entièrement.

Je vais, *pour vous*, M. l'abbé, ranger mes articles comme ils seraient rangés dans un dictionnaire français. Vouz comprendrez qu'ils le seront tout autrement dans ma feuille allemande.

ÂME. C'est ce qui rend vivant tout ce qui vit, et en particulier c'est ce qui rend l'homme susceptible de douleur et de plaisir, de joie et de chagrin, de volonté et de réflexion. L'âme n'a pu parvenir à connaître sa propre nature. L'Évangile nous apprend qu'elle est immortelle, et déjà, avant l'Évangile, les plus sages philosophes l'avaient pensé et écrit.

BÂTIR, est une chose qui si hasardeuse, si dispendieuse, qu'il faut s'en abstenir si l'on peut, et se contenter de la maison de ses pères. Si toutefois vous y êtes forcé, revoyez mille fois le plan et le devis avant de mettre la main à l'œuvre. Quantité de maisons ont été vendues avant d'être achevées, faute d'argent pour les finir. Voulez-vous habiter votre maison avec satisfaction ou la pouvoir revendre sans perte? Bâtissez en plein air et solidement; ne vous livrez à aucune fantaisie bizarre, mais recherchez l'élégance qui résulte de la symétrie et des plus belles proportions. Pour bien faire il faudrait que d'habiles architectes présidassent aux plus chétifs bâtiments. C'est une grande erreur de croire qu'il n'y ait que les colonnes et les pilastres, que les temples et les palais qui soient du ressort de l'architecture. Au défaut d'architecte, prenez conseil des livres : vos voûtes alors ne s'enfonceront pas, vos murs ne se fendront pas, vous opposerez quelque abri aux vents pluvieux de l'ouest, et leur ouvrirez le moins que pourrez vos portes et vos fenêtres.

CALAMITÉ. La peste, la fièvre jaune, la famine, un prince inepte, un ministère corrompu, des tribunaux iniques, les mouvements qu'excitent certains ambitieux qui veulent à tout prix sortir de leur obscurité, sont des calamités également désastreuses. Opposez d'abord la patience à un mal qui n'est connu qu'à demi, qui cessera peut-être de lui même, et auquel des remèdes mal choisis et violents donneraient un degré de force et de malignité de plus. Si au lieu de cesser il augmente et devient insupportable, quel conseil vous donnerais-je? Il n'en faut prendre que de la sagesse et du mépris de la mort.

DIMANCHE. C'est le premier jour de la semaine. Les chrétiens l'ont consacré au culte, au repos et aux récréations décentes. Il paraît que dans les commencements du christianisme on ait voulu à la fois abolir le sabbat et le remplacer. L'abolir, pour mieux faire oublier le judaïsme, et parce qu'il eût été difficile, en conservant le sabbat, d'en faire disparaître la trop minutieuse observance; le remplacer, parce que l'institution en était bonne. En effet, c'était un jour arraché à la tyrannie d'un maître et à celle de notre propre avidité; c'était un jour donné à la santé pour réparer des forces épuisées; à la réflexion, pour sortir de l'étourdissement que cause un travail assidu; à l'amitié, pour favoriser ses douces communications. Il est bien vrai que le dimanche on joue, on s'enivre, on se bat plus que les autres jours; mais de quoi le vice n'a-t-il pas abusé? Chaque dimanche la propreté rétablie redonne à l'humble cabane un aspect plus riant, ôte à la vieillesse quelque chose de sa difformité, et rend à la jeunesse son éclat et son charme. Chaque dimanche les enfants se rapprochent de leurs pères et mères, l'amant retrouve sa maîtresse et partage avec elle des jeux que leurs parents ont le loisir de surveiller. Conservons le dimanche. Est-ce trop d'un jour sur sept pour adorer Dieu, penser à soi et se réunir fraternellement avec ses semblables?

ENTHOUSIASME. Ce que le viellard approuve, ce que l'homme d'un esprit mûr admire, le bouillant jeune homme en est enthousiasmé.

FAUCON. C'est un grand seigneur, un conquérant, un corsaire parmi les oiseaux. Il se laisse attraper par plus fin que lui; alors captif et obligé de brigander pour un maître, il n'a plus de sa proie que ce qu'on veut bien lui en abandonner. Que ne s'échappe-t-il, dira-t-on, quand il est au haut des airs? Le fauconnier pourra-t-il le suivre? Hélas! il a perdu l'instinct, le goût de la liberté; d'ailleurs, que ferait-il parmi ses semblables? Façonné à la dépendance et dégradé, il ne pourrait plus trouver de compagne ni d'ami; il faut qu'il serve. Sa vieillesse, si toutefois on le laisse vieillir, sera abreuvée de dégoûts : inutile et négligé, il vivra parmi de jeunes esclaves dont les plumes seront encore luisantes, dont le chaperon sera encore neuf, et qui, imprévoyants de leur propre sort, se riront de sa misère et de sa caducité. *Voyez l'histoire de France; voyez l'histoire romaine; jettez aussi un coup-d'œil sur les cours existants, les vieux et les jeunes courtisans, etc., sur la Pologne etc.*

GÉNÉROSITÉ. Je ne voudrais pas qu'un négociant fût généreux, j'aime mieux qu'il soit scrupuleux. Je ne voudrais pas qu'un magistrat fût généreux, j'aime mieux qu'il soit intègre. Je voudrais encore moins qu'un roi fût généreux, parce que d'ordinaire un roi fait bourse commune avec ses sujets; j'exige qu'il soit ménager. C'est à mylord un tel, au cardinal un tel, à Don Charles Ignace un tel, c'est au feld-maréchal, comte, baron un tel, à l'être. Dussent leurs héritiers, enfants, neveux me maudire, je les inviterai à donner noblement, avec grâce et sans ostentation. La générosité donne autrement que la charité, autrement que la prodigalité : elle apprécie ce qu'elle donne, et le trouve toujours au-dessous de ce qu'elle voudrait donner. J'ai lu dans Saint-Foix ce que dit Mézeray de la première femme de Henri IV : «Vraie héritière des Valois, elle ne fit jamais don à personne sans excuse de donner si peu.»[47] Et j'ai pensé, voilà une princesse généreuse. J'ai trouvé des âmes très généreuses chez des gens très peu opulents; ils se cachent des riches avares qui les feraient déclarer fous s'ils découvraient leur noble imprévoyance et l'oubli total d'eux-mêmes dans lequel ils tombent quelquefois.

HUMEUR (mauvaise). Ici je transcrirai l'admirable lettre de Werther sur la mauvaise humeur.[48]

IF. Les rangées d'ifs, les allées d'ifs taillés en pyramide, avaient leur physionomie correspondante à celle des pont-levis, des tours à crénaux, des vastes et obscures salles de nos aïeux, comme les bosquet de roses et de jasmin ont la leur et répondant à nos cabinets, à nos boudoirs ornés de pots-pourris et de figures de sève. Noblesse antique, rois, princes, n'arrachez pas vos ifs avec trop de soin, et ne changez entièrement des mœurs qui d'accord avec les opinions vous placèrent où vous êtes. La triste pédanterie de Jacques Ier ne compromit pas les Stuart comme la joyeuse dépravation de Charles II. Louis XI et Richelieu avaient abaissé les grands par leur politique; Louis XIV les

---

[47]Germain-François Poullain de Saint-Foix (1698–1776) et François Eudes de Mézeray (1610–83), historiens français. Dans la citation Saint-Foix fait allusion à Marguerite de Valois, dans la deuxième édition de ses *Essais historiques sur Paris*, 247–48. Voir Charrière 769–70n54.

[48]Encore une allusion à *Die Leiden des jungen Werthers* de Goethe; la lettre en question est datée du 1er juillet.

subjuga par les fastueux plaisirs de sa cour; le duc-régent les avilit par la license qui n'est autre chose qu'une extrême liberté de mœurs. Il me semble qu'un prince bon-vivant et une princesse facile et folâtre offrent la choquante contradiction du respect qu'on exige et du mépris qu'on excite.

LIBERTÉ. Oh quel mot! On ne l'entend point; personne ne l'explique. C'est un drapeau tout barbouillé; mais sitôt qu'il se déploie, on marche pour le suivre à toutes les vertus, à tous les crimes et à la mort.

MANIE. Demi-folie. Elle rend l'homme qui en est atteint plus ridicule que malheureux, et ennuie les autres plus qu'elle ne les tourmente. Celui qui dans ses rêves voit des prédictions est fou, celui qui les raconte régulièrement n'est que maniaque; celui qui confie sa vie à un charlatan est fou, celui qui pour le moindre mal court au médecin n'est que maniaque. Les grands ont des manies dont personne n'ose les avertir : l'un est amoureux de sa figure, l'autre aime les chiens, un troisième les uniformes, un quatrième les beaux-esprits qu'il n'entend pas et qui en prose et en vers se moquent de sa manie. Il me semble que Frédéric II, tout grand homme qu'il était, avait la manie d'étonner l'univers par une rare réunion de talents : Allemand, il voulut écrire en français; roi, conquérant, législateur, il voulut être poète. Jamais Voltaire ne le flatta plus adroitement que lorsqu'il il lui dit :

A Salluste jaloux je lirai votre histoire,
A Lycurgue vos lois, à Virgile vos vers.[49]

Frédéric II me paraît avoir pris Julien l'apostat pour modèle : mêmes vrais talents, même ostentation de talents.

MODÉRATION. Qu'un homme pieux et doux me la recommande au nom de la religion, qu'un homme sage et plus âgé que moi m'y exhorte au nom de l'expérience, j'écoute, je me soumets; ou si ma passion résiste, combat, et remporte une malheureuse victoire, je reviens humilié rendre hommage à des conseils trop mal écoutés, et promettre qu'une autre fois je serai plus docile; mais qu'un homme lourd et froid me prêche la modération, je crois voir la tortue ou le limaçon vanter la gravité et la lenteur. Oh! taisez-vous, vous qui n'êtes pas en droit de vous faire écouter; ne venez pas gâter une cause si belle, et rendre ridicules les maximes les plus salutaires. La modération raccommode ce que gâtent les passions; elle prend un juste milieu entre deux extrêmes également nuisibles; elle empêche qu'on ne brûle pour sécher, qu'on n'arrête un incendie par un déluge; elle est amie de l'impartialité; elle amène avec elle la réflexion et les biais heureux et la douce persuasion qui concilie les esprits les plus opposés.

---

[49]Salluste, historien romain; Lycurgue, auteur peut-être mythique de la constitution spartiate; Virgile le poète romain le plus connu. Les vers sont d'une lettre de Voltaire à Frédéric II de Prusse, du 3 octobre 1751 (Charrière 770n58).

Qu'on ne la confonde point avec l'indifférence : celle-ci se retire quand l'autre s'avance, et vient au milieu du tumulte et du bruit ramener la paix et le bon ordre.

Ici je citerai Virgile, je rappellerai la comparaison que fait ce poète, à propos de Neptune tançant les vents déchaînés : «Tel qu'au milieu d'une multitude agitée un homme sage etc...» *Ille regit dictis animos, et pectora mulcet...* [*Enéide* 1.151–53]. La *modération* à la vérité est plus douce et moins imposante que Neptune, mais cela ne rendrait pas la comparaison moins belle ni moins juste; au contraire, si elle produit avec douceur l'effet de l'autorité menaçante, c'est son triomphe le plus beau, et rien ne fait mieux sentir combien elle diffère de l'indifférence.

NATURE. Le sauvageon est naturel, sans doute; mais c'est aussi la nature qui donna à l'homme la pensée et l'art de greffer la pêche perfectionnée sur le sauvage amandier. On sépare mal à propos la société d'avec la nature; Ferguson l'a dit avant moi,[50] et de cette distinction illusoire il naît des déclarations qui ne sont qu'éloquentes. Est-il quelque chose hors de la nature où nous ayons puisé nos institutions sociales, nos vices et nos erreurs? Nous ne pouvons pas plus nous écarter des lois de la nature que nous ne pouvons enfreindre celles du destin. Si cependant

---

[50]«Adam Ferguson (1723–1816), philosophe et historien écossais, auteur d'un *Essay on the History of Civil Society* (1767), des *Institutes of Moral Philosophy* (1769) et des *Principles of Moral and Political Science* (1792). Il tenta de concilier l'individualisme de Hobbes avec la morale sentimentale et l'altruisme de Shaftesbury» (Charrière 770n60).

Rousseau et les autres appelants de la société à la nature ont une idée distincte, si tout de bon ils voudraient en revenir à un état anterieur à nos institutions, je ne vois pas qu'autre chose qu'un déluge universel pût les satisfaire.

OBLIGATION OU DEVOIR s'explique si différemment par ceux qui exigent et ceux de qui l'on exige, que je n'en dirai rien : seulement j'exhorte les deux parties qui auront contracté ensemble à se consulter et à s'en croire mutuellement à un certain point, sur les *obligations* respectives.

POMMES DE TERRE. Pour croître elles demandent peu de culture; pour être bonnes à manger, elles demandent peu d'apprêt : voilà leur inestimable mérite. Prétendre en faire du pain, de la pâtisserie, du savon, de l'amidon, c'est perdre son temps et en faire perdre à d'autres. Il est beaucoup d'ingénieuses futilités.

En voilà assez, M. l'abbé, pour vous faire connaître mon projet. J'ai encore des matériaux en réserve, et en attendant qu'on vienne à mon secours je rassemblerai de quoi remplir trois ou quatre feuilles, revenant à l'alpha quand je serai allé jusqu'à l'omega. L'ÂNE sera bien traité, car pour lui je traduis Buffon,[51] comme j'ai copié Goethe. Au mot CABALE je m'efforce d'en dégoûter ceux même en faveur desquels elle s'agiterait. A l'article FÉROCE, je

---

[51]Georges Louis Leclerc, comte de Buffon (1707–88), naturaliste qui a écrit une *Histoire naturelle, générale et particulière*, publie entre 1749 et 1804 (Charrière 770n62).

conjure les princes, sous peine d'en mériter l'épithète, de ne chasser plus qu'aux loups et aux sangliers. DÎME : j'en prends le parti comme du moins onéreux de tous les impôts; puis j'impose le riche en faveur du pauvre : j'exige qu'il donne au pauvre la dîme de ses revenus. C'est une dette, qu'il la paie : il sera libre, après cela, de donner davantage pour le plaisir de son cœur. GOUTTE : je félicite l'artisan et le laboureur qu'elle dédaigne de tourmenter; ensuite je prétends qu'elle ne remonte point du pied à l'estomac, comme nous montons d'un étage de nos maisons à l'autre, et j'exhorte les médecins à détruire quantité d'erreurs qui ne nous viennent que d'expressions figurées entendues littéralement : ces erreurs entraînent des pratiques absurdes et dangereuses. Je vois des gens avaler beaucoup de choses qu'ils destinent à *adoucir* immédiatement une poitrine *irritée*, sans penser du tout qu'elles seront interceptées par l'estomac, et que si elles sont mal digérées elles nuiront à tout le corps. Les *régénérateurs* de la société ont fait des méprises toutes pareilles.

HAMEAU. Je vais pour clôture vous donner cet article tout entier. Si l'on pouvait éloigner d'un hameau la misère extrême, il serait habité par l'innocence et le bonheur. Des voisins se connaissent, tout le monde pourrait s'entr'aimer, car tout le monde se connaîtrait. Le malheur d'un seul individu y serait l'affliction de tous. Dix ans, vingt ans pourraient s'écouler sans que le squelette hideux y vint frapper à la porte d'aucune cabane. On y oublierait qu'il faut souffrir, et que la terre est une vallée de larmes. À Londres, à Paris, la douleur et le deuil se promènent partout, et à chaque pas on entend crier *memento mori*.

En écrivant ceci, M. l'abbé, j'ai trouvé l'empire d'Altendorf encore trop grand. C'est dans un hameau que je voudrais vivre cent ans avec Émilie.

(Madame de Vaucourt prend la plume)

Je ne vois dans ce que je viens de lire que trois ou quatre articles, à savoir, *Âme, Bâtir, Dimanche, Pommes de terre*, qui conviennent à ceux auxquels la feuille est principalement destinée. Il est à souhaiter que dans la suite on les perde plus rarement de vue. Il y aurait quelques autres critiques à faire. Pourquoi peindre la générosité d'une manière si incomplète? *Donner* n'est pas tout. Parler, se taire, agir, s'abstenir d'agir, pourrait être selon l'occasion l'effet d'une générosité sublime, et il n'y a pas jusqu'à recevoir qui ne fût quelquefois très généreux.

Lettre XII

Constance à l'Abbé de la Tour

Ce 12 février 1795

Émilie craint l'approche de l'armée anglaise;[52] plusieurs de ses parents sont dans cette armée . . . .

---

[52]De temps en temps l'armée anglaise a aidé le gouvernement français à ramasser des emigrés qui avaient fui la France.

. . . .

et poussant la prévoyance encore plus loin. . . . .

. . . .

Elle a d'abord témoigné ses craintes à sa belle-mère, et
nous a ensuite parlé à tous avec tant de raison, de délicatesse et de sensibilité, qu'elle aurait gagné nos cœurs s'ils
ne lui avaient pas déjà appartenu. Théobald la regardait
comme s'il l'eût vue pour la première fois; il parlait d'elle
comme s'il n'en eût jamais parlé. «Ma mère», disait-il,
«avouez que j'ai la meilleure comme la plus aimable des
femmes. Combien je vous aime, ô mon Émilie, et combien je vous admire! Vous me rendez aussi vain que vous
me rendez heureux.»

Nous irons habiter, Émilie et moi, une petite ville où
nous espérons n'être connues de personne. Le seul Lacroix viendra avec nous. Nous n'écrirons point et ne rece-
vrons rien par la poste. Des paysans nous apporteront des
nouvelles d'Altendorf.

Ce 13

Dans ce moment il vient d'être résolu que nous em-
mènerions le vieux baron; sa femme reste avec Théobald, les enfants et Joséphine. Celle-ci est désolée. «Eh
mon Dieu», disait-elle tout à l'heure, «si ma maîtresse
s'accoutumait à être servie par une autre que moi!» Je lui
ai promis d'être l'unique chambrière d'Émilie, ce qui malgré mon zèle lui laissera beaucoup à désirer. Théobald et

Émilie font de vains efforts pour dissimuler leur extrême tristesse : l'un ne reste, l'autre ne va que pour assurer le repos de tout ce qui lui est cher. Voilà ce qu'ils ont répété mille fois. À peine sont-ils bien résolus. «Il me semble», me disait Émilie il n'y a qu'un instant, «que dès que je serai montée en voiture, j'en descendrai et rentrerai ici avec vous; ne m'en empêchez pas si telle est ma folie. Oh, j'ai tort; je vous supplie, au contraire, de m'obliger à partir.»

«Non», a dit Mme d'Altendorf, «vous serez libre toujours, et si je vous vois revenir une heure après être partie, ou le soir, ou le lendemain, je vous recevrai à bras ouverts.»

«Sans doute», a ajouté le vieux baron; «vos motifs sont les nôtres, et nous changerons tous de pensée si vous prenez une autre résolution.»

Cette bonhomie extrême qui dans un autre moment nous aurait peut-être un peu divertis, nous a fait fondre en larmes. Théobald, n'y pouvant tenir, est sorti du salon.

«Mon père, ma mère», a dit Émilie, «croyez que si dans un autre départ je fus coupable, j'expie bien ma faute par celui-ci.»

«Vous, coupable!» a dit le baron; «vous n'y pensez pas, et l'idée n'en est venue à personne.» La baronne a embrassée Émilie, en lui disant : «Ne voyez-vous pas que vous nous rendez tous heureux?» Adieu, M. l'abbé. Nous partons demain avant jour.

J'ai encore le temps de répondre à votre lettre que je viens de recevoir. Vous me demandez si l'extrême rectitude

165

de Théobald ne cause point quelques disputes entre lui et moi. Aucune. Dans le fond je suis de son avis, bien plus qu'il ne paraît. Trouvant fâcheux, pénible, et souverainment inutile d'exiger la perfection tout haut et ostensiblement, je l'aime et la désire, et pour tout dire, je l'exige au-dedans de moi. L'expérience m'ordonne de m'attendre à des mécomptes, à ce sujet, de la part de ceux qui jusqu'ici m'ont inspiré une estime sans mélange; mais je ne puis m'empêcher de compter sur eux, et je serais au désespoir s'ils réalisaient des inquiétudes que je trouverais raisonnable d'avoir plutôt que je ne les ai. Combien je pourrais devenir malheureuse! L'image d'Émilie dépravée m'épouvanterait encore plus que celle d'Émilie mourante. Dieu me préserve d'avoir à pleurer ses vertus! Joséphine elle-même, quoique je ne compte pas absolument sur elle quant à ce qu'on appelle vertu chez les femmes, m'affligerait si je la voyais retomber dans le vice opposé. Malgré ce que je lui devais de reconnaissance, malgré ses excellentes qualités, malgré ce que sa jolie personne avait d'attrait et de charmes, j'avais peine dans les commencements à vaincre le dégoût que m'inspirait son désordre. Je le cachais, ce dégoût; aujourd'hui il est détruit. Pauvre Joséphine! Henri laisse entrevoir quelquefois qu'il voudrait bien qu'elle n'eût point entendu «la route de Brême». Il aime, dit-il, la mer et les voyages maritimes : il pense que l'Amerique est le meilleur de tous les pays. Hier on lui demandait, en voyant les deux petits Théobalds au sein de leur charmante mère, lequel des deux il croyait être le sien.

«Oh, que sais-je?» dit-il en s'éloignant. «L'un comme l'autre, peut-être.»

J'ai su cette dure anecdote de Joséphine elle-même, auprès de laquelle je vins un moment après. Je lui demandai la cause des grosses larmes que je voyais tomber de ses yeux sur les visages innocents de ses deux nourrisons. Elle cache ses chagrins à Émilie, de peur qu'elle ne prenne Henri en aversion, ce qui serait très fâcheux, car Henri est entièrement dévoué à son maître. Joséphine donnerait beaucoup pour avoir été plus sage, et moi, M. l'abbé, quoique j'aime ma fortune, à cause de l'usage que j'en fais, j'en donnerais les trois-quarts pour qu'il me restât de moins fâcheux souvenirs de ceux à qui je la dois. Je la regarde comme bien à moi, cette fortune; croyez qu'autrement j'y renoncerais, et j'ai pourtant un grand besoin d'elle pour me distraire et m'étourdir. Oh! la rectitude est bonne. Je n'aurai point de dispute avec Théobald. Je respecte tous les scrupules, les scrupules religieux, les scrupules de l'honneur, enfin tous, ceux même qui n'auraient point de nom, et jusqu'à la soumission à des lois que rien ne sanctionnerait. Mon esprit, si ennemi de tous les autres galimatias, respectera toujours celui-ci. J'aimerai toujours à voir l'extrême délicatesse se soumettre à des règles qu'elle ne peut définir, et dont elle ne sait pas d'où elles émanent.

Works Cited in the Notes

Bernardin de Saint-Pierre, Jacques-Henri. *Paul et Virginie*. Rev. ed. Paris: Garnier, 1964.

Charrière, Isabelle de. *Œuvres complètes*. Vol. 9. Ed. Jean-Daniel Candaux, C. P. Courtney, Pierre H. Dubois, Simone Dubois–De Bruyn, Patrice Thompson, Jeroom Vercruysse, and Dennis M. Wood. Amsterdam: Van Oorschot, 1981.

Fénélon, François de Salignac de la Mothe. *Les aventures de Télémaque*. Ed. Jeanne-Lydie Goré. Paris: Garnier, 1987.

Goethe, Johann Friedrich von. *Die Leiden des jungen Werthers*. Ed. E. L. Stahl. Oxford: Blackwell, 1944.

La Fontaine, Jean de. *Fables choisies, mises en vers*. Paris: Thierry, 1678–79.

Montaigne, Michel de. *Les essais*. Paris: PUF, 1965.

Rousseau, Jean-Jacques. *Émile, ou de l'éducation*. Ed. M. Launay. Paris: Garnier-Flammarion, 1966.

Saint-Foix, Germain-François Poullain de. *Essais historiques sur Paris*. Rev. ed. Paris: Chez la Veuve Duchesne, 1759.

Souza, Adélaide de. *Adèle de Sénanges*. Paris: Volland, 1794.

Tasso, Torquato. *Gerusalemme liberata*. Ed. Fredi Chiapelli. Milan: Rusconi, 1982.

Vergil. *Aeneidos*. Ed. Roland Gregory Austin, Frank Fletcher, and Robert Deryck Williams. Oxford: Clarendon, 1951.

Modern Language Association of America
Texts and Translations

Texts

Anna Banti. *"La signorina" e altri racconti*. Ed. and introd. Carol Lazzaro-Weis. 2001.

Adolphe Belot. *Mademoiselle Giraud, ma femme*. Ed and introd. Christopher Rivers. 2002.

Dovid Bergelson. אָפּגאַנג. Ed. and introd. Joseph Sherman. 1999.

Elsa Bernstein. *Dämmerung: Schauspiel in fünf Akten*. Ed. and introd. Susanne Kord. 2003.

Edith Bruck. *Lettera alla madre*. Ed. and introd. Gabriella Romani. 2006.

Isabelle de Charrière. *Lettres de Mistriss Henley publiées par son amie*. Ed. Joan Hinde Stewart and Philip Stewart. 1993.

Isabelle de Charrière. *Trois femmes: Nouvelle de l'Abbé de la Tour*. Ed. and introd. Emma Rooksby. 2007.

François-Timoléon de Choisy, Marie-Jeanne L'Héritier, and Charles Perrault. *Histoire de la Marquise-Marquis de Banneville*. Ed. Joan DeJean. 2004.

Sophie Cottin. *Claire d'Albe*. Ed. and introd. Margaret Cohen. 2002.

Marceline Desbordes-Valmore. *Sarah*. Ed. Deborah Jenson and Doris Y. Kadish. 2008.

Claire de Duras. *Ourika*. Ed. Joan DeJean. Introd. DeJean and Margaret Waller. 1994.

Şeyh Galip. *Hüsn ü Aşk*. Ed. and introd. Victoria Rowe Holbrook. 2005.

Françoise de Graffigny. *Lettres d'une Péruvienne*. Introd. Joan DeJean and Nancy K. Miller. 1993.

Sofya Kovalevskaya. *Нигилистка*. Ed. and introd. Natasha Kolchevska. 2001.

Thérèse Kuoh-Moukoury. *Rencontres essentielles*. Introd. Cheryl Toman. 2002.

Juan José Millás. *"Trastornos de carácter" y otros cuentos*. Introd. Pepa Anastasio. 2007.

Emilia Pardo Bazán. *"El encaje roto" y otros cuentos*. Ed. and introd. Joyce Tolliver. 1996.

Rachilde. *Monsieur Vénus: Roman matérialiste*. Ed. and introd. Melanie Hawthorne and Liz Constable. 2004.

Marie Riccoboni. *Histoire d'Ernestine*. Ed. Joan Hinde Stewart and Philip Stewart. 1998.

Eleonore Thon. *Adelheit von Rastenberg*. Ed. and introd. Karin A. Wurst. 1996.

Translations

Anna Banti. *"The Signorina" and Other Stories*. Trans. Martha King and Carol Lazzaro-Weis. 2001.

Adolphe Belot. *Mademoiselle Giraud, My Wife*. Trans. Christopher Rivers. 2002.

Dovid Bergelson. *Descent*. Trans. Joseph Sherman. 1999.

Elsa Bernstein. *Twilight: A Drama in Five Acts*. Trans. Susanne Kord. 2003.

Edith Bruck. *Letter to My Mother*. Trans. Brenda Webster with Gabriella Romani. 2006.

Isabelle de Charrière. *Letters of Mistress Henley Published by Her Friend*. Trans. Philip Stewart and Jean Vaché. 1993.

Isabelle de Charrière. *Three Women: A Novel by the Abbé de la Tour*. Trans. Emma Rooksby. 2007.

François-Timoléon de Choisy, Marie-Jeanne L'Héritier, and Charles Perrault. *The Story of the Marquise-Marquis de Banneville*. Trans. Steven Rendall. 2004.

Sophie Cottin. *Claire d'Albe*. Trans. Margaret Cohen. 2002.

Marceline Desbordes-Valmore. *Sarah*. Trans. Deborah Jenson and Doris Y. Kadish. 2008.

Claire de Duras. *Ourika*. Trans. John Fowles. 1994.

Şeyh Galip. *Beauty and Love*. Trans. Victoria Rowe Holbrook. 2005.

Françoise de Graffigny. *Letters from a Peruvian Woman*. Trans. David Kornacker. 1993.

Sofya Kovalevskaya. *Nihilist Girl*. Trans. Natasha Kolchevska with Mary Zirin. 2001.

Thérèse Kuoh-Moukoury. *Essential Encounters*. Trans. Cheryl Toman. 2002.

Juan José Millás. *"Personality Disorders" and Other Stories*. Trans. Gregory B. Kaplan. 2007.

Emilia Pardo Bazán. *"Torn Lace" and Other Stories*. Trans. María Cristina Urruela. 1996.

Rachilde. *Monsieur Vénus: A Materialist Novel*. Trans. Melanie Hawthorne. 2004.

Marie Riccoboni. *The Story of Ernestine*. Trans. Joan Hinde Stewart and Philip Stewart. 1998.

Eleonore Thon. *Adelheit von Rastenberg*. Trans. George F. Peters. 1996.

Texts and Translations in One-Volume Anthologies

Modern Italian Poetry. Ed. and trans. Ned Condini. Introd. Dana Renga. 2009.

Modern Urdu Poetry. Ed., introd., and trans. M. A. R. Habib. 2003.

Nineteenth-Century Women's Poetry from France. Ed. Gretchen Schultz. Trans. Anne Atik, Michael Bishop, Mary Ann Caws, Melanie Hawthorne, Rosemary Lloyd, J. S. A. Lowe, Laurence Porter, Christopher Rivers, Schultz, Patricia Terry, and Rosanna Warren. 2008.

Nineteenth-Century Women's Poetry from Spain. Ed. Anna-Marie Aldaz. Introd. Susan Kirkpatrick. Trans. Aldaz and W. Robert Walker. 2008.

Spanish American Modernismo. Ed. Kelly Washbourne. Trans. Washbourne with Sergio Waisman. 2007.